Alipio Freire • Carlos Rodrigues Brandão • José Arrabal
Marcia Camargos • Maria José Silveira • Mouzar Benedito
Roniwalter Jatobá



# CONTOS BRASILEIROS

2ª edição

EXPRESSÃO POPULAR

São Paulo - 2011

Revisão: *Geraldo Martins de Azevedo Filho,*
*Miguel Cavalcanti Yoshida e Márcio Amêndola de Oliveira*
Projeto gráfico, diagramação e capa: *ZAP Design*
Ilustrações: *Rogério Mourtada*
Fotos dos autores: *arquivo pessoal*

Dados Internacionais de Catalogação-na-Publicação (CIP)

C763 Contos brasileiros / Alípio Freire...[et al.]-- 2.ed.--São Paulo :
Expressão Popular, 2011.
80 p. : il.

Vários autores.
Indexado em GeoDados - http://www.geodados.uem.br
ISBN 978-85-7743-015-4

1. Literatura brasileira - Contos. 2. Contos brasileiros. I. Freire, Alípio. II. Brandão, Carlos Rodrigues. III. Arrabal, José. IV. Camargos, Marcia. V. Silveira, Maria José. VI. Benedito, Mouzar. VII. Jatobá, Roniwalter. VIII. Título.

CDD 21.ed. B869.3

**Eliane M. S. Jovanovich CRB 9/1250**



1ª edição: setembro de 2006
2ª edição: outubro de 2011
2ª reimpressão: agosto de 2024

Edição revista e atualizada conforme a nova regra ortográfica

EDITORA EXPRESSÃO POPULAR
Alameda Nothmann, 806
Campos Elíseos, São Paulo, SP
atendimento@expressaopopular.com.br
www.expressaopopular.com.br
ed.expressaopopular
editoraexpressaopopular

# Sumário

# Apresentação

Neste livro, sete escritores dirigem-se ao público juvenil, em contos inéditos que foram agora criados especialmente para esse público.

A novidade destes contos manifesta-se de diversas maneiras, tornando vivaz e colorido o panorama que se desdobra ante os olhos do leitor. Diferentemente da produção oferecida pelo mercado, que tudo padroniza em seu afã de servir aos valores burgueses e no propósito de inculcar ideais consumistas, estes contos procuram examinar as condições de vida e de sobrevivência dos excluídos do Brasil.

A ave abatida por um menino numa história lida na infância adquire uma dimensão espiritual e generalizante, em "Pássaro na memória", de Roniwalter Jatobá. O anseio de liberdade do canário, que foge da gaiola e voa para uma árvore, é brutal e inconscientemente liquidado pelo menino. Atirando com sua baladeira e matando o pássaro, para só depois entender o impulso expresso naquele voo, o menino nunca mais esquecerá o remorso que lhe trouxe o ato impensado. Valorizar a liberdade de todas as criaturas e lutar por ela torna-se alvo permanente em seu cotidiano.

Em "O nome verdadeiro", Marcia Camargos mostra como, no percurso de um pequeno engraxate sem pai, mas extraordinariamente dotado, até o nome lhe é usurpado. Era um nome demasiado chique para ser direito inalienável de um excluído, e por isso os patrões atribuem-lhe outro, mais simples, mais compatível com sua pobreza. Revela-se assim o nome como alicerce profundo da identidade e a falta de respeito de quem, escudado em sua posição de mando, não leva em conta esse princípio.

A reflexão dos dois contos seguintes detém-se sobre objetos extremamente simbólicos.

Horripilante é o utensílio que aparece em "O cinzeiro da ditadura", de José Arrabal. Muito oportuno é o conto, pois não deixa morrer a memória de um período que foi deletério para o país e que aumentou a exclusão, provocando uma concentração de capital que se reflete na deterioração das condições de vida dos pobres. E não esquece também os mártires da liberdade, que se imolaram ao lutar pelos outros.

Mais um objeto simbólico está em "A calça Lee e a revolução", de Mouzar Benedito. Ali se examina uma peça de roupa, que foi semantizada de uma maneira simpática aos jovens, passando a falar de apego à simplicidade, contestação das convenções burguesas, oposição à tirania. O que pode levar longe, porque de certo modo seu significado muda e ela fica com sinal trocado conforme seja usada numa ditadura ou, ao contrário, num país socialista.

Move-se por outras áreas "O rio e a rabeca", de Carlos Rodrigues Brandão, ao propor a trajetória de transformações vitais pelas quais passa um instrumento musical, ao léu da natureza e dos fenômenos naturais ou meteorológicos. Evidencia-se assim o quanto essas metamorfoses são estimulantes e como vale a pena meditar sobre suas implicações, já que intrínsecas ao amplo ciclo da vida.

Uma fantasia impalpável como é o sonho, ao impelir a pessoa para a frente na tentativa de sua concretização, ao mesmo tempo pode envenená-la, arrastando-a à decadência e à morte na indignidade. O que pode ocorrer caso se torne inviável realizá-lo, seja devido a empecilhos externos, seja a má formulação interna: é o que discute "A condição dos sonhos", de Maria José Silveira. Expondo a dupla face dos sonhos, o conto enfatiza sua função, demonstrando que sem eles os seres humanos não sobrevivem.

Finalmente, "A longa marcha", de Alipio Freire, põe em pauta as aspirações, os conflitos e as frustrações de uma aguerrida menina do Movimento, ao participar da marcha sobre Brasília. O conto abre o debate sobre amor adolescente, seus riscos e a gravidez indesejada, fazendo quem o lê deter-se sobre problemas tão cruciais. Tais são os motivos que conduzem o desenrolar da narrativa.

Estes são os sete contos que aqui entregamos aos leitores esperando que falem ao coração, com votos de que apreciem a leitura e de que ela ofereça bons momentos de fruição.

Walnice Galvão

Roniwalter Jatobá

# PÁSSARO NA MEMÓRIA

**Roniwalter Jatobá**

Nasceu em Campanário, Minas Gerais, em 1949. Migrou para Campo Formoso, Bahia, e depois para São Paulo, onde trabalhou como operário no ABC e na área gráfica da Editora Abril. Mais tarde, auxiliado financeiramente pela empresa, formou-se em jornalismo. Entre outros livros, publicou *Sabor de química* (1976); *Crônicas da vida operária* (1978); *Filhos do medo* (1982); *Juazeiro, guerra no sertão* (1996); *A crise do regime militar* (1997); *O pavão misterioso* (1999); *Paragens* (2004); *O jovem Che Guevara* (2004); *O jovem JK* (2005); *Viagem à montanha azul* (2005); *Rios sedentos* (2006), além de diversos textos em antologias e da tradução de *A Cavalaria Vermelha*, de Isaac Babel (1986).

Há trinta e cinco anos, pai e filho cavalgam pelo vale fértil de Bananeiras, um vilarejo no sertão baiano e encravado no final da Chapada Diamantina. Na estrada cercada de vastos canaviais, riachos em corredeiras, os animais passam pisando macio no chão de terra úmida e vermelha. De repente, o menino emparelha o seu animal junto ao do pai e diz:

– Um dia vou-me embora deste lugar.

O pai olha para o menino e sabe que sim – sim, um dia ele vai embora. O menino quer conhecer outros mundos e tem sede de saber. De repente, o pai estanca seu cavalo. Desce com tranquilidade entre troncos caídos e a cerca de arame farpado, e reaperta a sela no lombo do animal.

– Sei disso – diz. – Na sua idade eu também pensava assim.

O menino ia completar 12 anos no mês seguinte. Desce também da sua montaria com a agilidade de bom cavaleiro. Agora, frente ao olhar do pai, segura nas rédeas o cavalo impaciente.

– Vou ser escritor – diz com a maior naturalidade, como se fosse a mais fácil e normal profissão do mundo.

– Aos 18 anos eu também saí pelo mundo – confidencia o pai. – Havia terminado a guerra na Europa. Era 1945. Cristal de rocha, que a gente explorava nas montanhas de Campo Formoso, virou preço de banana. Foi preciso sair para sobreviver. Sua mãe, sua irmã mais velha e eu descemos o rio São Francisco até Pirapora e, de lá, fomos descobrindo Minas Gerais até achar Jampruca e Campanário, onde você nasceu. Fui ser agricultor e vaqueiro, duas nobres profissões no campo.

– Vou continuar meus estudos na cidade grande e ser escritor – disse o menino.

O pai terminou de apertar a sela, colocou o pé esquerdo no estribo e montou no cavalo vermelho. Fazia calor e uma neblina branca se juntava ao verde da Montanha Azul. Um azulão pousou sobre o fio do arame farpado e ficou ali como se fizesse parte da paisagem. Parados, os animais baixaram as cabeças e ficaram comendo tenras folhas de capim que brotavam na beira da estrada. Por instantes, pai e filho ficaram olhando a imensidão do vale de Bananeiras, os picos altos no horizonte e o rio Aipim que se perdia de vista, sempre perene, cheio de curvas e águas cristalinas.

A firme decisão do menino fez o pai dar um raro sorriso.

– Vai escrever o quê? – indagou.

O menino pensou muito para achar uma resposta. Mas sentia que o pai aprovaria se, um dia, ele partisse para bem longe.

– Não sei ainda – finalmente responde. – Preciso crescer mais um pouco. Só sei que vou contar muitas, muitas histórias daqui.

Passa o tempo. Trinta anos depois, aquele menino vem retirando de sua memória infantil alguns fatos para compor suas histórias, sobretudo o rio, a montanha, a igreja e o velho casarão do avô paterno. Vem buscando naquela vivência meios de criar personagens, gente com vida. Mesmo a geografia rural, que hoje permeia todo o seu trabalho, guarda a essência da região de sua infância.

Na literatura está a mais sincera forma de guardar o que acontece no mundo, acredita. Foi exatamente isso que um dia viu (e recortou) num texto de Jorge Luis Borges, colocando-o sobre a escrivaninha. O escritor argentino escreveu o seguinte:

– Dos diversos instrumentos utilizados pelo homem, o mais espetacular é, sem dúvida, o livro. Os demais são extensão do corpo. O microscópio, o telescópio são extensões de sua visão, e o telefone é a extensão de sua voz. Em seguida, temos o arado e a espada, extensões de seu braço. O livro, porém, é outra coisa: o livro é uma extensão da memória e da imaginação.

Era verdade. Trinta anos depois, a mais forte recordação era a terra onde viveu sua infância. De longe, seus olhos percorrem – agora na imaginação – o caminho até a grande janela, de onde via o recorte de um coqueiro que desafiava meninos apanhadores de cocos, contratados pela sua avó Doninha. Também via um pé de graviola plantado por seu pai há anos, sempre carregado de flores e frutas novinhas que pareciam frágeis peças de porcelana.

Silêncio na secular casa. Tudo longe dos barulhos da cidade grande. Nada de britadeiras, escapamentos, freadas, xingamentos, gritos de dor, nem crateras mal cobertas nas ruas, que enfeiam ainda mais as cidades grandes.

Naquela época, as noites de Bananeiras eram escuras como breu. Já tarde, apenas a luz amarela de um lampião a gás no bar do Antoinho iluminava divertidas partidas de sinuca e dominó e filtrava réstias pela praça. Desligado à meia-noite em ponto, o negrume descia sobre Bananeiras. Na luz minguante, o menino preferia fechar os olhos no caminho. Seguia reconhecendo com os pés as fendas da rua de terra até a entrada da casa, nessa hora fechada apenas com o trinco.

– Quem é? – uma voz indagava lá de dentro.

– Eu.

– Tranca a porta – respondia a mãe, reconhecendo a voz do último madrugador.

A antiga casa era simples e bonita. Sempre pintada de branco, tinha janelas de cor azulada e plantas e flores rentes à calçada. O menino sempre lembraria de um velho pé de São João, no qual visitas amarravam nos galhos fortes animais de montaria. Lembraria também de um canteiro de margaridas que, um dia, arrancou tudo montado num cavalo rebelde em uma festa de argolinhas, e a mãe o fez replantar uma por uma.

O rio Aipim parecia gente. Suas águas eram o símbolo da partida. Nas despedidas de São Paulo, quem podia esquecer a hora em que o caminhão carregado de retirantes cruzava a velha ponte de madeira e todos viam, muitos pela última vez, a sombra e a musicalidade de suas corredeiras?

Região semiárida, as chuvas eram sempre bem-vindas. Era quando, nas manhãs, o menino relutava em sair da maciez do colchão de paina. A mãe chegava, chamava, mas logo o corpo afrouxava esmagado pelo peso do sono.

– Vamos, acorde, bicho preguiçoso – ela chamava de novo.

O menino nem ligava. Quando ela voltava para a cozinha, o menino buscava a posição mais confortável – mãos apoiadas na nuca e afundadas no travesseiro.

Naquela época, ele era menino. Por isso, agora, já com os cabelos ficando grisalhos, recorda até hoje da primeira história que leu na vida. Não lembra o nome do livro, o nome do autor, mas acha que só a morte o fará esquecer aquele relato que ficou grudado nas piores lembranças.

Era também a história de um menino.

Tudo começa e termina com um canário que toma nas asas o seu destino e foge para um ramo alto de graviola.

O menino ainda o vê de longe: contente, a cauda em leque, o papo amarelo. Sem perdê-lo de vista, levantou a baladeira, esticou as borrachas, o corpo liberto e miúdo ficou na sua mira.

Largou o tiro, houve um despetalar de asas, um cintilar de gotas de água, e o pássaro caiu. Assustado com a morte da ave, o menino deu um grito e saiu correndo pelo quintal molhado, profundamente arrependido.

Depois disso, o menino sente que a sua memória cochila, buscando agora temas mais amenos e histórias mais agradáveis da infância. Lembra de uma noite de chuva, quando foi despertado com o vulto de uma prima em férias, bem mais velha do que ele. Na noite de trovões e raios, inventando pavores de almas de outro mundo – ai, que medo! – ela levantou-se do leito e veio abraçar o menino. Trazia os pés descalços. Mas, que pena!, era apenas um sonho.

Marcia Camargos

# O NOME VERDADEIRO

**Marcia Camargos**

É jornalista e doutora em História Social pela USP, coordenadora do Centro de Documentação e Memória da Pinacoteca, participou ativamente das duas campanhas eleitorais de Florestan Fernandes. Membro do conselho editorial da Expressão Popular, é autora de diversos livros para adultos e crianças. Escreveu *Monteiro Lobato: Furacão na Botocúndia* (Senac, 1997, ganhador dos prêmios "Jabuti" e "Livro do Ano/ não ficção", pela CBL), *A imagem e o gesto – fotobiografia de Carlos Marighella* (Fundação Perseu Abramo, 1999), ambos em coautoria, além de *A Semana de 22: entre vaias e aplausos* (Boitempo, 2002), *Em que ano estamos? Uma expedição pela história de São Paulo.* (Cia. da Letras, 2004), *Micróbios na cruz* (Companhia das Letras, 2005) e *Nas pegadas do saci* (Conex, 2005), entre outros.

Com a flanela esticada, o menino deu a polida final no sapato. Era o último freguês do dia, dali a pouco estaria a caminho de casa. Olhou para o couro que refletia sua própria imagem. Brilhava de dar gosto.

– Quanto é?

– Um tostão.

– Tome dois. Compre uma broa de milho. Você está com cara de quem não comeu nada o dia todo.

O garoto pegou as moedas e enfiou no bolso da calça curta. O moço tinha razão, estava de barriga vazia desde as sete da manhã, quando arrumou sua caixa de engraxate. Procurava disfarçar a inveja dos que almoçavam um prato feito e lanchavam à tarde. Ele não podia se dar a esse luxo. Sua irmãzinha estava doente e remédio custava uma fortuna.

Ao ouvir o relógio da Sé bater seis horas, ele levantou-se apressado. Precisava voar ou perderia o bonde. Com as mãos sujas da graxa que se acumulava debaixo das unhas, enfiou tudo no caixote de madeira, prendeu-o às costas e começou a andar. Parecia mais pesado agora, embora carregasse o mesmo de sempre: uma lata de cera preta e outra marrom, duas escovas, dois trapos e a flanela gasta.

No caminho passou diante da padaria, de onde vinha aquele cheirinho de pão recém-saído do forno. O estômago reclamou, mas ele resistiu. Parou defronte à livraria, um dos seus lugares preferidos em toda a cidade. Nunca teve coragem de entrar por causa das roupas encardidas, com remendos, mas de fora admirava a vitrine. Cada semana tinha uma coleção de livros diferente, cujos títulos lia com dificuldade. Assim mesmo adorava ficar ali, tentando decifrar o significado das letras escuras sobre o fundo azulado dos volumes. Daria qualquer coisa para ter um deles, sonho praticamente impossível. Jamais poderia pagar, mesmo porque sua mãe estava esperando pelo ganho da jornada. Acelerou o passo, mas a fraqueza o impedia de correr. Quando alcançou o ponto, o bonde tinha acabado de partir.

Desanimado, o menino colocou a caixa no chão. Era um longo trajeto até sua casa, o corpo doía e a fome apertava. Mas sorriu, lembrando que assim economizaria a passagem. Criou forças e encarou as ruas que iam se esvaziando dos automóveis e dos pedestres apressados. Levou quase três horas para cobrir a distância até o casarão velho no qual ocupava um cômodo com sua família. Estava exausto, mas feliz.

– Por onde andou até agora? – sua mãe não se continha de tanta preocupação. – Não vê que já é noite?

O garoto não respondeu, apenas esticou a mãozinha com o dinheiro contado.

– Acho que isso dá para o boticário aviar a receita – falou com a voz sumida.

– Não adianta mais – a mãe disse. – Ela já se foi. Agora somos só eu e você.

A princípio ele não entendeu. Daí viu a caminha da irmã vazia e encarou a mãe. Pelas olheiras de sofrimento contido, compreendeu. Seu padrasto tinha partido. Abandonara a mãe, levando consigo a menina doente e cega de nascença. O garoto soltou a caixa de engraxate como quem se livra de uma responsabilidade grande demais para sua estatura mirrada e caiu nos braços da mãe. Estava muito fraco para chorar.

Maria pôs a palma da mão na testa do filho que ardia em febre. Requentou o leite no fogareiro e deu-lhe na boca, em colheradas. O líquido morno abrandou a tristeza. Aos poucos o menino relaxou, e em alguns minutos dormia a sono solto. Ela permaneceu ao pé da cama a noite inteira. Passeou a ponta dos dedos pelos cabelos negros do filho e encolheu de pena. Ainda não tinha dez anos de idade, mas já enfrentava a vida feito um adulto. A mãe não se lamentava, mas admitia que as coisas na casa da madrinha, onde trabalhara, eram bem mais fáceis. Tinham um teto, três refeições controladas, mas garantidas e, de vez em quando, o filho até ganhava uns trocados para comprar figurinhas.

Ela chegara lá com uma maleta surrada na qual pusera as mudas de roupa, um chinelo velho, o pente, um pedaço de sabão, uma toalha e dois cobertores puídos. Para causar boa impressão, jogou por cima do vestido o xale florido que trouxera da sua aldeia. Filha de camponeses pobres da região portuguesa de Braga, Maria, em pequena, ajudava a vender legumes. No fim de semana enchiam a carroça com o que colhiam da horta e seguiam para a feira. O pai na frente, ela atrás, a pé. Ao anoitecer, tremia de medo ao ouvir os lobos uivando na floresta. Quando aportou no Brasil, pegou na enxada de sol a sol numa fazenda de café, ao lado da mãe, dos irmãos e do pai, contratado como arrendatário em Bragança Paulista. Junto com o casebre, receberam uma saca de arroz, uma de feijão e outra de batata. Ficaram admirados, nunca tinham visto tanta fartura!

Quase dez anos depois, já viúva, Maria foi trabalhar como doméstica na capital. Ficou grávida, e quando deu à luz um menino franzino, num parto complicado, quis batizar o recém-nascido com o nome do motorista da casa, homenageando o amigo que a ajudara nas horas difíceis. Só que a patroa não concordou. Justo aquele nome fora dado por Beethoven ao personagem central da sua única ópera, intitulada Fidélio. Música clássica de compositor estrangeiro não combinava com ralé.

– Isso é nome de gente rica, não de filho de empregada – explicou. – De hoje em diante ele vai se chamar Vicente.

Maria quis protestar. Confiscar o nome de alguém era o mesmo que roubar sua alma. Mas preferiu ficar calada. Pelo menos por enquanto. Longe dos outros, chamava-o pelo nome verdadeiro. E prometeu a si mesma que um dia recuperaria o direito de usá-lo na frente de todos.

Sem filhos, com o tempo a patroa interessou-se por aquele menino que cresceu fascinado pela biblioteca. Mulher culta, que tocava piano e falava francês, lia para ele histórias de aventuras. Criado nesse ambiente erudito, Vicente expandiu seu universo de possibilidades. E substituía as peladas de futebol por horas no quartinho dos fundos, que dividia com a mãe, saboreando revistas infantis como *O Tico Tico*. A imaginação voava para longe, numa curiosidade que marcaria seu futuro. Acontece que Maria, mulher independente e determinada, acabou se desentendendo com a patroa. Refez as malas e mudou-se com o garoto para uma ruela na periferia.

A relação com a madrinha foi mantida. De vez em quando visitavam o sobrado de esquina, no Brás. No Natal eles vinham ver o afilhado. Antes do anoitecer Vicente tomava banho, penteava-se, tirava as roupas largas, herdadas de meninos ricos maiores do que ele e vestia outra novinha em folha para esperar os padrinhos. Ganhava presentes e passeava de carro pelas redondezas. Revia o casal que achava um absurdo um menino inteligente daquele jeito ser criado por uma completa analfabeta. Diante das condições precárias em que viviam, um dia a madrinha perguntou:

– Por que ele não vem morar conosco?

Relutante, Maria concordou. E nesse período Vicente frequentou uma escolinha do bairro. Dali a uns meses a ex-patroa resolveu pedir a guarda definitiva do menino. Ela e o marido queriam adotar a criança. Podiam arcar com a educação que Vicente merecia.

– Cachorro, gato, a gente dá de presente. Filho não é bicho. Filho não se dá – foi a resposta taxativa.

E assim Vicente voltou a viver com a mãe, não raro em cortiços sem luz e infestados de baratas. Retornou ao Grupo Escolar do Bexiga, virou assistente do professor de matemática, mas levava caneladas dos colegas na hora de tomar a tabuada. Entre socos e pontapés, as brigas continuavam na saída, embora a turma também se divertisse unida, cabulando as aulas mais aborrecidas para subir ao Morro dos Ingleses. Empoleirados nos galhos das árvores, lá de cima ficavam espiando o vai-e-vem dos moradores endinheirados em seus palacetes cercados de muros e grades. Como precisava ajudar em casa, por uns tostões ele limpava roupas dos clientes de uma barbearia próxima. Mas logo mudou de biscate.

– Engraxar sapatos rende muito mais – um colega de rua avisou. E lá se foi Vicente pelas regiões da Bela Vista, Cambuci, Largo Ana Rosa. Ia e voltava a pé, sozinho, do Bosque da Saúde, onde morava. As pernas doíam, mas ele não desanimava. Herdara da mãe a força de vontade e o caráter combativo. Apesar de não ter aprendido a ler, Maria trazia nas veias o sangue camponês, feito de coragem e de perseverança na luta pela sobrevivência. Logo descobriu que seus ganhos variavam. Prevenido, passou a esconder as sobras de dinheiro miúdo numa fenda do colchão em um saquinho que ele mesmo costurou. No dia em que não conseguia o suficiente, apanhava uns trocados para compensar e cobrir as despesas.

Nessa infância de pouca diversão e muito trabalho duro, Vicente virou auxiliar de alfaiataria. Pregava botões, alinhavava e fazia a barra das calças. Dormia no emprego. A comida era péssima, e seu colchão encharcava quando chovia forte. Para estancar a água que escorria pelas paredes do porão onde ficava sua cama improvisada, usava retalhos de tecido. E o medo dos ratos? Eles passavam a noite zanzando de um lado para outro, como se fossem os donos do pedaço. Incapaz de pregar o olho, Vicente se pôs a pensar. Por que uns nasciam na miséria e outros gozavam do bom e do melhor? Como a minoria possuía mais do que era capaz de aproveitar e a grande massa mal ganhava para comer? Tanta coisa injusta nesse mundo...

O rapazote ainda fez serviços em açougue, padaria, na feira e numa marcenaria antes de virar garçom no Bar Bidu, no centro da cidade. Foi seu primeiro emprego de carteira assinada. O cotidiano não era fácil. Varava a madrugada atendendo as mesas, mas se gabava de que ninguém lavava um copo como ele. Nessa época, precisou abandonar a escola. Para compensar, estabeleceu para si próprio um rigoroso programa de leituras. Atrás do balcão, nas horas de menor movimento, lia ensaios e livros que alguns frequentadores traziam para ele. Entre quatorze e dezessete anos foi tomando contato com Marx, Engels, Rosa Luxemburgo. "A liberdade de cada um só se completa na igualdade de todos", dizia Bakunin. "A propriedade é furto", ensinava Proudhon. "Sem uma teoria revolucionária não pode haver movimento revolucionário", concluía Lenin. Tudo começava a fazer sentido. As peças encaixavam-se como num enorme quebra-cabeça que ia forjando sua consciência política.

Cavando o sustento com o suor do rosto ali, em pleno coração da metrópole, Vicente observava as injustiças e as desigualdades sociais. Tão próspera, com centenas de fábricas, lojas e os prédios mais altos da América Latina, a capital escondia uma legião de miseráveis. Era o exército de excluídos de onde lutava para sair, mas com o qual se identificava profundamente. Embora tentasse superar aquelas condições que o condenavam a uma existência sem perspectivas, sentia-se ligado aos "de baixo" como irmão. Esta era outra marca que o acompanharia para sempre. Ele jamais negaria nem se afastaria das suas origens de classe.

Além de textos, Vicente ganhou de um dos fregueses do bar uma oferta de serviço mais leve. Entregar amostras de um laboratório farmacêutico significava noites livres para o estudo. Graças ao desconto obtido por um professor conhecido seu, passou a assistir aulas no curso de madureza. Estava prestes a romper o primeiro elo do círculo de ferro que o prendia a um contexto cruel e desumano. Se tudo corresse bem, em breve prestaria exames na universidade, conquista quase impensável para um filho de lavadeira.

Por isso dedicou-se com mais garra do que nunca. Após alguns contratempos, conseguiu o diploma. Certa manhã, com o documento debaixo do braço, Vicente atravessou a rua como se cruzasse um oceano separando dois destinos. De cabeça erguida e o coração a mil, retirou do bolso do paletó a carteira de identidade. Examinou-a com cuidado como a assegurar-se de que quem o olhava, na foto, era ele mesmo. Daí juntou-a ao envelope com o certificado de conclusão do segundo grau. Galgou a escada do prédio num piscar de olhos. Tinha pressa, nada o poderia deter. Alcançou a sala da secretaria. Acima da porta divisou uma placa onde se lia: Faculdade de Filosofia, Ciências e Letras. Entregou os papéis e a moça pediu que aguardasse. Dali a instantes retornava com a ficha de inscrição. Vicente tomou a folha com as mãos firmes, destampou a caneta tinteiro e concentrou-se na tarefa de preenchê-la. Ao terminar, devolveu-a à atendente. Ela examinou a caligrafia miúda e redonda e, só para confirmar, perguntou:

– Como se chama mesmo?

– Florestan – ele respondeu. – Meu nome é Florestan Fernandes.

José Arrabal

# O CINZEIRO DA DITADURA

**José Arrabal**

É professor universitário, jornalista e escritor. Lecionou por muito anos na PUC/SP, na Universidade Metodista, na Unip e na Faap. Trabalhou em revistas e jornais do Rio de Janeiro e de São Paulo, onde exerceu atividades de redator, articulista e editor de assuntos internacionais, crítico de literatura e de teatro, editor de cultura e correspondente estrangeiro em países da América Latina. É autor de livros de ficção, ensaios, biografias, peças de teatro, poemas e roteiros para cd-rom, com cerca de 40 títulos publicados. Natural de Mimoso do Sul, Espírito Santo, vive há 30 anos em São Paulo.

Recordo perfeitamente o que me aconteceu naquela madrugada e manhã de horror, em fins de fevereiro de 1972.

Após trinta e sete dias de prisão e torturas em um quartel do Exército, na rua Barão de Mesquita, zona Norte do Rio de Janeiro, eu, abalado e enfermo, fora transferido há duas semanas para outra cela onde fiquei sozinho em quartel próximo, na Quinta da Boa Vista.

Tratava-se de uma cela maior no andar térreo do prédio, com janela de madeira fechada por dentro e gradeada por fora, voltada para o pátio.

Logo percebi que a nova cela era um alojamento de oficiais agora adaptado para presos políticos. Havia mais espaço, cama razoável, dessas de campanha, banheiro azulejado. E tudo me indicava uma situação de algum maior conforto que a anterior no inferno da Barão de Mesquita.

Além disso, tinha comigo uma valise de livros, romances e ensaios, antes confiscados pelos militares, quando invadiram o apartamento em que morava e me prenderam. Valise estranhamente devolvida a mim por ocasião de minha transferência para essa nova cela.

Ocupado com a leitura de um ou outro desses livros, procurei recuperar-me com mais segurança. Conter o estado de desespero em que me encontrava. Enfrentar melhor as tensões das últimas semanas.

Nessa nova cela, agradava-me, sobretudo, o seu silêncio. A ausência da barulheira que permanentemente me via condenado a escutar, na cela anterior, através de um pequeno alto-falante escondido em uma luminária na parede transmitindo dia e noite, por todos os dias em que estive lá, gravações com gritos de pessoas sendo torturadas.

Também a comida, nesse quartel da Quinta da Boa Vista, me parecia melhor. E com o passar dos dias até mesmo comecei a acreditar que não havia ali muita viabilidade para as torturas que me surpreendiam, na Barão de Mesquita, quando menos esperava. Torturas que ocorreram por todo o tempo em que lá estive, com intervalos absolutamente aleatórios e nas horas mais inesperadas. Torturas que, nas últimas semanas, se davam, chego a crer, por mero costume dos torturadores. Espécie de vício profissional.

De certo modo, cheguei a crer que nessa prisão de agora os militares me concediam a possibilidade de algum tempo em paz.

E assim seria, plenamente, não fossem as constantes e desagradáveis visitas de um major do Exército, que se dizia encarregado do inquérito movido contra mim e meus amigos, todos nós, jovens estudantes universitários que, por nos opormos à ditadura, havíamos sido presos nos primeiros dias daquele ano de tristes lembranças.

Quando visitava a cela, esse militar conseguia deixar-me bastante irritado, sobretudo porque, em meio a seus comentários, vinha sempre com insinuações e ameaças admitindo meu possível retorno ao quartel anterior, na rua Barão de Mesquita.

Esse oficial tinha a triste mania de contar e recontar para mim as mais trágicas histórias da ditadura. Fatos que deveras eu não desconhecia, mas que me eram muito desagradáveis, ainda mais quando relatados por alguém que sabidamente não passava de um torturador. Histórias que ele, com certeza, mais por sadismo, recordava para mim, obrigado a ouvi-lo.

– Você sabe, Beni Zusman, como foi que nós pegamos o Lamarca na Bahia? – perguntava-me, sentando-se no único banco da cela.

Logo em seguida, com sorriso descarado, assim feito quem dá os parabéns a alguém em noite de pêsames, punha-se a contar o ocorrido.

E por mais que eu reagisse e retrucasse a ele "– Sei, sim, major. O senhor já contou isso. Ontem mesmo.", não havia como interromper o seu relato. De nada adiantando a minha resistência, muito ao contrário, pois aí, então, é que o dito tipo teimava e insistia. Decidido, prosseguia com sua história.

E, se não falava de Lamarca, vinha com a lembrança da morte do revolucionário Carlos Marighella em São Paulo. Ou matraqueava a respeito da prisão dos estudantes da UNE, em Ibiúna. Ou ainda como haviam sido presos os sequestradores do embaixador estadunidense.

Sempre uma história assim. Com os maiores detalhes e os exageros de sempre. E seus falsos agrados e sorrisos de sempre. Encerrando seu sermão com o mesmo refrão de sempre. A mesma chave de ouro de todas as suas histórias.

– Não tem jeito, Beni Zusman. Nós viemos para ficar e vocês não têm como impedir. Qualquer dia desses, pegamos o Luiz Carlos Prestes. Você vai ver. Nem o Guevara escapou dessa. Deixa de besteira, rapaz. Larga esse negócio de política, Beni Zusman. Isso não é pra você – acentuava, aos gritos.

Quando, então, já de pé, o tal major adentrava com rispidez por uma espécie de pito. Lição de moral meio oca, cheia de despropósitos, despida de nexo.

Falava do amor e do maior dos amores, que é o amor à pátria. Dizia que eu devia me sentir mais brasileiro, ter orgulho do Brasil, amar o Brasil e não dar ouvidos a certas ideias que ele nunca esclarecia devidamente quais eram. Sem dúvida, o comunismo. Mas também podiam ser a liberdade sexual, o modo de vida dos hippies, o ponto de vista dos pacifistas e até mesmo a violência dos meios de comunicação de massa, sobretudo das histórias em quadrinhos, que, para ele, surgiram no mundo, não em vão, por volta da mesma época em que o bolchevismo subiu ao poder na Rússia.

Pontificava. E, logo em seguida, vinha com suas ameaças veladas, quando não explícitas.

– Pois é, Beni Zusman. Você não vai querer passar outra vez pelo que já passou?! Vê lá, rapaz! – concluía.

E disso, ia embora, me deixando cansado, irritado e não menos perplexo com a parafernália de suas ideias. Comigo, certo e seguro de que bem tinha razão o meu professor de História, Lourenço Luciano, quando, em suas aulas no vestibular, nos falava dos erros do Criador, lembrando que os homens, com as pálpebras, podem fechar os olhos e, com os lábios, trancar a boca, mas das narinas e dos ouvidos, pobres de nós, disso o Criador não havia cuidado, nos negando descanso e nos obrigando tantas vezes a cheirar cheiros insuportáveis e a ouvir os maiores disparates.

Claro que me sentia brasileiro. E me deixava puto toda essa conversa do tal major, sobretudo desconfiado de que ele me falava essas coisas por causa de meu nome e de minha origem judaica, ainda que ele nunca tenha tocado nisso diretamente.

Claro que me sentia muito mais brasileiro do que esse cão de guarda fardado, que dedicava sua vida à violência e à tortura, sempre a serviço dos ricos, dos patrões dele e da ditadura militar que mantinha o país naquele estado de horror.

Assim procedia esse major. E não era um homem doente, embora parecesse. Nem mais, nem menos, desempenhava seu papel no exercício de sua profissão canina, com o intuito de doutrinar-me.

Não duvido que ele se imaginasse um patriota competente, um benfeitor da juventude, com seu arquitetado plano de doutrinação e suas torturas psicológicas, enquanto me infernizava naqueles dias.

Talvez tivesse lá suas irritações comigo, por meu silêncio sem sorrisos, sempre em oposição às tagarelices e aos falsos sorrisos de agrado dele.

Creio que sim. Se não, como explicar o que me aconteceu certa vez, estando nessa cela da Quinta da Boa Vista?

Numa dada madrugada, fui despertado por estranha algazarra no pátio do quartel.

Fiquei atento e de certo modo atemorizado.

De repente, saltei da cama e me preparei para o pior. Alguém batia com violência na janela da cela, enquanto gritava, me chamando:

– Abre, Beni Zusman! Abre logo! Trouxe um presente para você!

– Muito obrigado. Não quero presente nenhum. – foi o que respondi, encolhido em um canto. – Me deixe dormir sossegado. É muito tarde.

Mas o tal sujeito insistia com suas pancadas na janela e gritos cada vez mais fortes.

– Abre logo, rapaz! Não enrola! Vamos! Vamos! – continuava. – É só um presente! Abre essa janela.

O que acontecia era mesmo muito estranho.

Afinal de contas, se eles tinham a chave da porta, por que não entravam? Pela janela gradeada com ferro é que não haveriam de entrar. E que história de presente era essa, àquela hora da madrugada?

Lógico! Temia que fosse um comando paramilitar de extermínio de presos políticos, coisa comum naqueles tempos.

Por sua vez, o tal sujeito prosseguia com a gritaria e as pancadas na janela, me convencendo de que ele não pararia enquanto eu persistisse em manter a janela fechada.

– Vamos, rapaz! Abre essa janela, Beni Zusman. É só um presente para você!

Acontecesse o que acontecesse, decidi abrir logo a tal janela.

Por precaução, me mantive escondido atrás da parede ao lado, enquanto alcançava o trinco que aos poucos fui movendo até abrir a janela.

Ainda que escuro, pois tive o cuidado de não acender a luz da cela, pude entrever o rosto do militar que me chamava. Era um rapaz jovem, provavelmente um tenente. Um cara novo e forte que meteu o braço entre as grades e me entregou um objeto.

– Toma logo! É um cinzeiro. Assim não suja o chão da cela.

Foi o que falou, me deixando pasmado diante de uma situação que me parecia louca, completamente louca, inusitada, pois nem mesmo tinha cigarro comigo na cela. Sequer fumava. E me acordavam àquela hora com tamanha barulheira só para me entregar um cinzeiro inútil.

Não havia, deveras, como entender a lógica de tudo aquilo.

Peguei o tal objeto que me davam, sem desgrudar de trás da parede onde me protegia. E, sem mais, nem menos, vi o tal militar afastar-se, seguro de sua missão cumprida.

Confirmei, apesar da escuridão na cela. Era mesmo um cinzeiro de vidro, que imediatamente deixei sobre a mesinha de cabeceira, após ter trancado a janela.

Intrigado com tudo aquilo que acontecera, por razões óbvias custei a pegar no sono.

Mal adormeci, acordei sobressaltado com o toque de despertar, no quartel.

Aos poucos, vi a cela clareando. Sabia que dali a instantes trariam o café da manhã, conforme o costume.

Pulei da cama, fiz alguma ginástica, indo às pressas tomar banho, um banho rápido, pois o sucedido na madrugada me deixara apreensivo, pronto para qualquer surpresa mais desagradável.

Ao sair do banheiro, enquanto me vestia, pude, então, observar melhor e com mais atenção o cinzeiro que haviam me dado de presente.

Tomado de pavor, percebi que se tratava mesmo de um objeto muito peculiar.

De fato, era um cinzeiro, um cinzeiro de vidro transparente, que nada teria de especial, caso os seus aparadores de cigarro não fossem feitos de unhas humanas. Mais de meia dúzia de unhas humanas, juntinhas, grudadas e distribuídas por sua borda. Unhas grandes, secas e do mesmo tamanho, que, por essa semelhança, sem dúvida, não pertenciam a uma só mão.

Transtornado, cresceu o meu pavor quando notei que abriam a porta.

Mantive, contudo, minha dignidade, aguardando pelo pior.

Com o cabo que sempre me trazia o café da manhã, entrou o tal major encarregado do inquérito. E, café posto sobre a mesa da cela, após o cabo ter-se retirado, eis que o oficial apanhou para si o cinzeiro.

– Gostou do presente? – perguntou-me, sorridente.

– Não! – foi só o que lhe respondi, sério e firme.

– Anda direito, rapaz! Anda direito, seu filho da puta, senão eu mando você direto para a nossa fábrica de cinzeiros. Entendeu, Beni Zusman? – gritou, sem mais, nem menos.

E foi embora, levando consigo o tal cinzeiro dele.

No dia seguinte, visitou-me de novo na cela.

Diariamente, prosseguiu com suas visitas, o mesmo sorriso e suas histórias. As sádicas variações de costume. Os mais recentes detalhes.

Mouzar Benedito

# A Calça Lee e a Revolução

**Mouzar Benedito**

Nasceu em Nova Resende (MG) em novembro de 1946 e atualmente mora em São Paulo. É o quinto dos dez filhos de um barbeiro e uma dona de casa, ex-professora rural. Formado em geografia e jornalismo, trabalhou em diversas profissões, como engraxate, balconista, barbeiro, professor, calculista, técnico em contabilidade e jornalista em alguns órgãos da grande imprensa e em vários jornais alternativos (*Versus, Em Tempo, Pasquim, Brasil Mulher etc.*). Tem treze livros publicados, entre eles *Ousar Lutar – memórias da guerrilha que vivi*, em parceria com José Roberto Rezende, e *Luiz Gama – o libertador de escravos e sua mãe libertária, Luiza Mahin*; este último faz, parte da coleção Viva o Povo Brasileiro, da Editora Expressão Popular.

A calça Lee não chegou a ser um sonho de consumo no Brasil: quase todo mundo podia ter. Criada no século 19 no Oeste dos Estados Unidos para ser roupa de operários, ela se espalhou pelo mundo nos anos de 1960, especialmente a partir de 1968.

Eu não gostava dela. Era feita de um brim grosso, azul, que já existia antes no Brasil, chamado brim Coringa. Depois que passaram a usar palavras em inglês desnecessariamente, diziam que era *blue jeans*. Na década de 1950 já existia no Brasil a calça Far West, que chamávamos faroeste, do mesmo brim, só que mais fino, mais macio (e mais barato também). Estas eu usava, achava mais confortável.

Em 1968, não usar calça Lee, em meios universitários principalmente, era como dizer "não gosto dessas modernidades"; tinha gente que se assustava por me ver com calças que não eram Lee. Na Faculdade de Filosofia da USP, em São Paulo, fiquei sabendo depois, um monte de gente se referia a mim e ao Zé Wilson, um sergipano de esquerda estudante de História, dizendo que nós dois éramos conhecidos como os malucos que usavam calça faroeste ou de outro brim qualquer em vez de Lee.

Naqueles tempos de acabar com tudo quanto era tipo de convenção, a calça Lee era sinônimo de despojamento. Não bastava deixar de usar gravata, complemento inútil e até então obrigatório nas roupas de trabalho de muitas profissões, inclusive a de bancário. Tinha-se que usar calça Lee! E de preferência – depois praticamente obrigatório também – que ela tivesse um jeitão de já ter sido muito usada. Vi muitas meninas comprando calça nova e gastar mais de um dia passando tijolo nas pernas dela (da calça, claro) e lavando seguidamente para que ela ficasse desbotada, como mandava a regra não escrita do estilo contestador.

Eu gozava, dizendo que ia abrir uma loja de calças Lee usadas, achando que falava coisa que não poderia ser levada a sério, mas dali a pouco tempo abriram-se lojas vendendo não só calça Lee com jeitão de usada, mas também camisas com o mesmo estilo. Aliás, na minha proposta gozadora eu dizia que venderia inclusive camisa furada. E os chamados hippies de butique eram fregueses dessas lojas. Hippies, para quem não sabe, eram militantes de um movimento surgido nos Estados Unidos, que também se espalhou pelo mundo, contestando o controle das pessoas pelo Estado e a favor de certas liberdades. Eram também contra a Guerra do Vietnã.

No Brasil, o movimento hippie tinha muitos adeptos. Havia entre os hippies brasileiros militantes com uma postura de contracultura, de contestação, que sabiam o que estavam fazendo. Mas boa parte dos que se diziam hippies achava que bastava não trabalhar, não tomar banho, usar cabelos compridos e roupas extravagantes, viajar de carona para a Bahia, praticar o sexo livre e gostar de rock e de consumir drogas, para se incluir na categoria. E como boa parte dos que pensavam assim tinham dinheiro, compravam roupas nessas lojas. Pagavam até mais caro por uma calça Lee aparentando velha do que por uma nova, pois não tinham o trabalho de "envelhecê-la". Eram os hippies de butique.

Claro que aqui havia também hippie que sabia o que estava fazendo, vivendo em comunidades, dividindo tudo e sonhando com uma sociedade em que os cidadãos não fossem controlados pelo Estado. Mas era uma minoria bem pequena. E claro que muitos deles são hoje gente muito dentro do sistema, achando normal o controle do Estado sobre o cidadão. Assim como certos militantes de esquerda da época, que hoje são totalmente favoráveis a tudo o que eram contra antes.

O fato de eu não ser hippie – era mais adepto da esquerda que queria a libertação nacional e o socialismo – não significava que não podia usar calça Lee. Muitos com as minhas características, até os que foram para a luta armada, usavam. Mas eu continuava preferindo minhas calças de brim comum ou da marca Far West, com um argumento cedido por um conterrâneo: aquele brim grosso era totalmente fechado, e a calça Lee "engarrafava peido". Se você soltava uns gases durante o dia, à noite, quando tirava as calças, saía aquele cheiro...

Muitas outras marcas surgiram com as mesmas características da Lee e se tornaram moda, mas elas continuavam sendo chamadas de calça Lee, ou então *blue jeans*.

Com o tempo, elas se incorporaram no cotidiano de todo mundo, usá-las ou não já não tinha nenhum significado especial. Mas em alguns lugares usar calça Lee era um sonho de consumo até na década de 1980. Em 1985, por exemplo, fui a Cuba e uns jovens, vendo que eu era brasileiro, vieram me perguntar se eu tinha trazido calça Lee. Trocariam por alguma coisa típica cubana. Em Cuba não se vendia calça Lee. A grande maioria dos jovens que conheci lá não sentia nenhuma falta dela, mas um ou outro dizia ter vontade de ter uma. Mas, para Cuba, comprar calça Lee significava, além do gasto de parte dos poucos dólares que tinha para importá-las dos Estados Unidos, também uma conotação imperialista. Lá, usar calça Lee não era ilegal, mas não era tão comum como aqui. Por isso, alguns jovens a procuravam com turistas, topando qualquer negócio para conseguir uma. Adquiriam um certo ar contestador por isso. Bobagem lá, como era bobagem aqui. Só que lá a atitude deles parecia meio antissocialista, o que para nós não era uma boa coisa.

Naquela época, sob pressão dos Estados Unidos, nenhum país da América Latina, com exceção do México, tinha relações diplomáticas ou comerciais com Cuba, mas alguns movimentos de libertação nacional tinham. Os tupamaros, do Uruguai, por exemplo, tinham inclusive embaixador em Cuba.

Era um tempo que, para ir a Cuba, era preciso fazer uma viagem meio clandestina, fingindo ir para o Peru ou para o Panamá, que já tinham voos para a ilha. E, lá, eles perguntavam se a gente queria que carimbassem o passaporte, porque sabiam que isso poderia causar perseguições no Brasil. A Célia, minha namorada, e eu fizemos isso. E como conhecíamos muitos uruguaios exilados no Brasil, eles – por iniciativa própria – avisaram o embaixador tupamaro sobre a nossa viagem e ele foi nos procurar no hotel. Durante vários dias, levou-

-nos a vários lugares interessantes, desses que os turistas não se interessam em conhecer. Gostamos muito. E, conversando com esse embaixador, comentei que era uma besteira das autoridades cubanas "proibir" (entre aspas mesmo, porque muitos usavam) a calça Lee.

No dia seguinte, ele me apresentou três dirigentes do Partido Comunista Cubano para que eu fizesse minhas críticas diretamente a eles. Eu fiz. Disse que usar aquela porcaria daquela calça não tinha significado nenhum, mas a "meia" proibição deles fazia com que os jovens que queriam usar a tal calça se sentissem contraventores, anti-socialistas, o que não tinha nada a ver. Podiam ser socialistas com qualquer roupa.

Eles argumentaram que gastar o pouco de divisas (dólares) que tinham com calça Lee seria um desperdício, quando o país necessitava de tanta coisa. Concordei, mas disse que no Brasil quase todo mundo tinha calça Lee, mas muito poucas dessas calças eram importadas. O Brasil tinha uma enorme indústria de calças Lee falsificadas, que abastecia praticamente todo o mercado nacional e ainda sobrava para exportação até para os próprios Estados Unidos. Cuba, com uma boa indústria têxtil, podia fazer o mesmo. Os jovens de lá não iam saber a diferença de uma produzida em Cuba para uma importada.

Um deles se disse preocupado com a falta de consciência de alguns jovens. Com tantas conquistas da revolução, por que esse interesse por um simples tipo de roupa?

Dei uma de professor – veja que pretensão.

Contei a ele um pouco da minha própria história. Meu pai, quando solteiro, era trabalhador rural, "enxadeiro" como eram chamados os capinadores de roça. Não tinha sua própria terra, trabalhava para fazendeiros. Ganhava por tarefa, que era o tamanho de roça calculado para se capinar num dia. Mas ele era rápido e, quando resolveu se casar, passou a fazer duas tarefas por dia. Debaixo de sol ou de chuva, ele ia do amanhecer até o pôr do sol no cabo da enxada, no guatambu, como se dizia.

Depois de casado, continuou trabalhando na enxada, ganhando por tarefa, mas foi aprendendo a trabalhar de barbeiro e mais tarde, pouco antes de eu nascer, mudou para a cidade, passando a ser barbeiro. Um cunhado que tinha ficado viúvo resolveu ir embora da cidade e lhe vendeu a barbearia para pagar num longo prazo.

Quando eu tinha quatorze anos, aprendi a profissão de barbeiro, mas não gostei. Ao contrário dos meus irmãos mais velhos, que também se tornaram barbeiros, eu queria outra coisa, não me dava bem na profissão. Meu pai me incentivava, chegou a deixar que eu ficasse com todo o dinheiro das barbas e dos cabelos que eu cortasse, mas eu fazia umas três barbas e ia jogar sinuca – apostado, quando ganhava mais algum dinheiro – escondido da polícia, pois o jogo era proibido para menores de idade.

O velho Antônio Barbeiro não se conformava. Achava uma ótima profissão. E eu acabei entendendo. Ele tinha trabalhado numa coisa difícil, capinando debaixo do sol insuportável e debaixo de chuva, e não em sua própria terra, mas de empregado e ganhando pouco. Na barbearia, como dizia, o trabalho era na sombra, conversando, sem grande esforço, sem se sujar e ganhando muito mais. Então... expliquei. Eu não passei por nada disso. Não capinei roça. É um trabalho muito digno, importante demais, mas muito duro. E de empregado fica mais complicado. Já nasci e cresci num ambiente de barbearia, com meu pai trabalhando por conta própria, e onde cheguei a trabalhar como engraxate durante muito tempo. Era uma vida sem muito dinheiro, mas o trabalho era menos duro. Eu não tive que passar pela dureza do trabalho na enxada, como meu pai. Por isso achava que a profissão de barbeiro não me bastava, embora não a achasse ruim. Meu gosto era outro.

Assim, disse aos dirigentes comunistas cubanos que via alguma semelhança em alguns comportamentos de jovens filhos de trabalhadores de lá com o meu. Os pais deles conheceram a miséria do tempo em que a ilha era vista como um cabaré dos Estados Unidos.

Trabalhadores viviam muito mal, não tinham direitos, não tinham acesso à educação e à saúde. Os negros, então, eram vítimas de muitos preconceitos. Depois da revolução, passaram a ter garantia de emprego, boas escolas, bom serviço de saúde e muitas outras coisas. Não tinham saudade nenhuma dos tempos anteriores à revolução. E não entendiam por que parte dos jovens, com tudo isso, não se sentia satisfeito.

– Os jovens já conheceram Cuba do jeito que é hoje – eu disse. – Não conheceram a dureza da vida antes da revolução... Então não têm do que se lembrar de pior. Querem ir além do que está hoje, querem algumas coisas que seus pais nem sonhavam. Podem até querer bobagens, mas querem coisas que não existem hoje.

Não sei o que os dirigentes comunistas ficaram pensando de mim, pois em seguida passamos a tomar mojitos e conversar de outras coisas, mas acho que não falei nada demais. Sonhos consumistas, como no caso da calça Lee, para mim, meras besteiras, mas isso não tem grande significado. A luta por um mundo melhor não pode dar tanta importância a essas coisinhas, o importante é que nunca paremos de querer melhorar mais. Por mais que fiquemos satisfeitos com a situação que conquistamos, é natural que o sonho dos mais jovens seja ir muito além. Se não fizerem isso, serão velhos em corpos de jovens.

Carlos Rodrigues Brandão

# O RIO E A RABECA

**Carlos Rodrigues Brandão**

Nasci no dia 14 de abril de 1940, no Rio de Janeiro. Um dia ingressei na PUC do Rio de Janeiro e me formei em Psicologia. Trabalhei e militei na Ação Católica e no Movimento de Educação de Base. Tudo o que vivi e escrevi depois sobre educação e movimentos populares vem dessas primeiras experiências que vivi com a cultura e a educação popular. Vivi em Brasília e Goiânia, trabalhando em movimentos sociais e como professor universitário na Faculdade de Educação da Universidade de Brasília. O que aprendo na vida e com o povo, por onde tenho andado, vale mais do que tudo isso, e foi assim que eu aprendi a diferença entre a ciência e a sabedoria. Divido assim a minha vida entre o professor e o pesquisador universitário, o educador popular e o escritor. Sou casado há 40 anos com Maria Alice e tenho dois filhos e dois netos. Tenho mais de 50 livros publicados, entre eles *Paulo Freire – o menino que lia o mundo, A canção das sete cores – educando para a paz, As flores de abril, O vento de agosto no pé de ipê.*

Fui uma rabeca. Fui um esquecimento. Fui a casa de uma semente. Fui uma árvore. Fui um tronco seco. Fui treze rabecas. Agora eu conto como.

Era um tempo de festas na roça. Festas antigas, de outros tempos, mas algumas delas são festejadas até agora. Era um dia de festa. Na verdade, treze dias. Eu era a rabeca de um músico de uma Folia de Santos Reis.

Pra quem não sabe, rabeca é um instrumento de música tocado com as duas mãos. É parecido com o violino, e se você sabe como é um violino você já pode imaginar como é uma rabeca. Só que rabeca é um violino mais simples e acabou servindo pra acompanhar as músicas que o povo da roça canta nos seus dias de festa.

E era um dia dos treze dias de festa num lugar longe, no centro do Brasil, chamado Pedras Altas da Beira do Mato. Eram dias de festa em janeiro. A gente com quem eu viajava ia de casa em casa tocando e cantando. Eram tempos à volta do Natal e às vezes fazia muito sol. E outras vezes chovia muito.

E um dia nós fomos tocar e cantar numa casa mais longe do que todas as outras. Era na beira de um grande rio cheio das muitas águas de tempos de chuva como costuma acontecer em janeiro. E, depois de se cantar e tocar, e comer e festejar na casa perto da beira do rio, as pessoas com quem eu viajava e tocava foram descansar na beira do rio.

E ali ficaram comendo, dormindo, cantando de novo e de novo tocando por muito tempo. E a tarde daquele dia foi virando noite e de repente a noite veio e escureceu o rio e todos nós. Mas lá no céu de janeiro brilhavam todas as estrelas do Sul, pois aquela era uma noite sem lua e de todas as estrelas.

Quando eu falo "todos nós", falo de "todos" mesmo. Falo das pessoas, os homens e as mulheres que tocavam e cantavam, e comiam, dormiam e festejavam. Falo das roupas, dos chapéus e dos sapatos deles. E falo de nós mesmos: os violões e as violas, as caixas e os pandeiros, a sanfona e eu, rabeca, a única rabeca de nosso grupo.

Pois éramos uma turma amiga e animada de instrumentos de música. Fazia anos estávamos acostumados a nos reunir nas mãos de nossos músicos, nos dias e nas noites de festa. Mas os tempos mais felizes para nós, dos pandeiros aos violões, eram esses dias de sol e chuva das nossas andanças de janeiro.

E foi então, no começo do meio da noite, veio uma chuva empurrada por uma ventania tocada por mais de mil rabecas da natureza. E, antes mesmo de os nossos músicos poderem reunir suas coisas espalhadas pela beira do rio, a grande chuva caiu com muitas águas, raios e trovões em cima de homens e mulheres, de suas roupas e sapatos, suas violas, pandeiros, violões e de mim, a rabeca.

E num instante as mulheres e os homens foram reunindo as suas coisas no meio daquela escuridão cheia de águas e de ventos. E tomaram quase correndo o caminho da casa grande. E o resto do mundo por ali era só uma chuva que parecia ter vindo do Norte pra derramar todas as suas águas em cima de nós.

E no meio da chuva e da pressa, o meu músico, um velho avô de muitos netos, musical e esquecido, me esqueceu na beira do rio. E o rio encheu depressa, muito depressa. E foi quando as águas subiram e subiram e chegaram ao lugar de capins e árvores onde nós estávamos. E me acolheram no seu corpo e me levaram rio abaixo. E tudo à minha volta era o escuro da noite entrecortado pelo claro do brilho dos raios, pelo som dos mil tambores dos trovões e pela bateria dos milhões de pandeiros da chuva que caía em cima de homens, plantas, bichos e de uma rabeca assustada que descia rio abaixo no meio da noite escura de janeiro.

Medo eu acho que não tive, porque isso não é sentimento de rabecas. Mas me lembro que, enquanto descia o rio carregada por águas ligeiras e escuras, pensava depressa também no que haveria de ser de mim. Não sei quantos violinos e rabecas terão vivido antes de mim uma aventura assim. Pensava nos outros instrumentos de música, lá dentro da casa grande, guardados em algum lugar seco e aquecido, ou achegados protegidos entre as mãos de seus músicos. E eu ali, uma rabeca de madeira e cordas de aço, carregada por um rio em noite escura de tempestade.

Foi quando eu parei.

Em algum lugar de minha viagem as águas correntes do meu rio subiram por um momento uma beira entre campo e mato e me depositaram ao pé de um pé de alecrim do campo. Por um momento pensei que eu seguiria a minha viagem, pois o rio rugia ainda e levava paus e até troncos de árvores bem maiores do que eu. Mas não. As águas me deixaram ali, baixaram de volta ao rio e foram embora rio abaixo. Era o começo do amanhecer de um claro e estranho dia. Ao longe havia sinais de que um dia claro nascia e a chuva ia parar logo de chover. E logo parou. E as nuvens foram indo embora, e veio por entre elas e, depois livre no azul do céu, um sol claro de janeiro quente.

Senti em volta um mundo molhado e gotejante começando a secar suas águas claras da chuva. Dos ramos do alecrim do campo caíam pequeninas gotas de água fria que a luz do Sol fazia brilharem como diamantes. Alguns pássaros amanheceram a manhã com seus pios e cantos. Um suave vento de depois de chuva ventava sobre nós e foi ele e mais o calor do Sol quem depressa secaram a minha madeira.

Pela primeira vez, desde quando fui fabricada na cidade de Águas Brilhantes, nos sertões de Minas Gerais, eu me senti sozinha e abandonada. Pois logo depois de construída pelas mãos sábias de um velho criador de rabecas e violas, eu fui comprada pelo meu dono, um outro suave velho de mãos macias e alma alegre. E ele nunca mais me abandonou. E, quando me deixava alguns dias sem o trabalho de tocar, apoiada em seu ombro e entre as suas duas mãos, ele me guardava com carinhos de pai amigo. O que estaria sentindo agora o meu velho dono-músico?

Achei que nunca iriam me achar. As águas do grande rio desceram muitas e muitas terras antes de me deixarem ali onde eu estava. O mundo é grande e eu tão pequenina. Até onde os meus olhos de rabeca podiam ver, não avistei estrada alguma e nem sei como alguma pessoa poderia chegar naquele lugar.

E vieram dias e dias de sol quente. E depois uma noite e mais três dias de chuva mansa, sem raios e trovões. Comecei a deixar de ser rabeca. Temia isso e foi o que me aconteceu. Primeiro a madeira de meu tampo começou a soltar e eu vi o meu corpo aberto pela primeira vez. Depois as minhas cordas de aço se soltaram de suas peças e eu descobri que nunca mais eu soaria como nas músicas de tantas festas.

E vieram mais outros de sol, noite de vento e manhã e tarde de chuva. E quando foi chegando o tempo dos dias cinzentos e frios de maio e junho, já de minha antiga figura de rabeca não restava mais quase nada. O que eu já era então eu mesma não sabia.

E foi quando numa tarde de ventania uma pequena bola dura, uma semente, creio, veio rolando pela terra da beira do rio e se aninhou bem dentro do que restava de mim. E o que restava de mim eram minhas cordas de aço, algumas peças agora soltas e a madeira de meu corpo misturada com água e terra. Lembro que tive ainda voz para perguntar à semente que agora morava em mim quem era ela e de onde ela vinha. Mas ela não disse nada e parecia adormecida.

Na manhã seguinte havia um céu de todo o azul. O rio era manso e descia as suas águas com o vagar das músicas mais lentas que eu tocava nas mãos de meu músico quando ele estava triste. Eu me transformava em nem sei quê, e com o tempo deixei de fazer perguntas ao tempo e ao vento, e apenas esperava o que haveria de ser. Nunca me acharam. Nunca me achariam.

Pois nessa manhã clara de um julho gelado na beira de meu rio, de repente passaram dois papagaios voando nas alturas acima da copa das árvores da linha de matos ao longo das águas. E eu bem vi com o resto de meu olhar que um deles me olhou e disse do alto de seu voo: "você ainda vai ser treze! Você ainda vai ser treze!". E então os papagaios voaram para depois da outra longe margem do meu rio. Mas depois de algum tempo voltaram e vieram pousar nos galhos do alecrim do campo que ao meu lado começava a secar e a morrer. E um deles de novo repetia: "você ainda vai ser treze! Você ainda vai ser treze!". Ele dizia e repetia, e, assim como eu não entendi o que queria dizer aquilo da primeira vez, continuei não sabendo. Mas do que ele disse eu nunca mais esqueci.

Passaram as noites e dias de frio e de novo veio o tempo do calor do sol dos meses das festas. E veio o sol de sol de janeiro e vieram de volta as grandes chuvas. Compreendi que um ano na medida de meu velho músico já tinha passado. E pensei com que rabeca ele estaria tocando agora, nas festas de Folias de Santos Reis.

O alecrim do campo secou e uma lufada de vento jogou nas águas do rio o pouco de madeira que restou dele. E uma voz dentro de mim me disse: agora é tempo, vamos fazer nascer. Me espantei do que ouvi, pois senti que aquela fala era minha e não era. Quem falou em mim e comigo, que era eu mesma e era outra? Me senti e me pensei entre medos, entre sustos. E descobri que agora eu já era o que não sabia. Com as chuvas eu estava quase toda dentro da terra da beira do rio.

Mas quem era eu que, faz tempo, não era mais uma rabeca de dias de festa? Eu era a minha madeira e o que mais era eu e meu, e agora aos poucos se dissolvia na terra à minha volta. E eu já era a mesma e outra. Era ainda a rabeca e era essa terra, pois já não me separava mais dela. E era também a semente que adormecera em meu corpo e agora despertava. E quando ela me falou o que disse, fui eu mesma quem falou aquilo a ela.

E foi quando eu senti que de dentro da terra na beira do meu rio eu comecei a nascer de novo. Alguma coisa tenra, frágil e colorida de um verde claro como as águas de outros rios pequenos saía do que éramos eu, a terra e a semente, e em menos de duas manhãs essa delicada aventura da vida deu ao sol uma fina haste e duas folhas. E aquilo era eu. De madeira de uma árvore virei um dia uma rabeca. De rabeca virei madeira e terra e uma semente. Delas virei o começo de uma outra árvore. E tudo isso era só a minha viagem do começo para o meio.

—

Crescemos. Cresci com o vagar das grandes árvores. Sempre é assim. Uma árvore cai com um estrondo enorme. Mas quem escuta a floresta crescer? Quantas chuvas de quantos janeiros e marços caíram sobre o meu corpo, crescendo em terra de beira de rio em direção às nuvens do alto céu azul? Quanto calor do sol clareou meu tronco primeiro pequenino e, depois, reto e alto, e os meus muitos galhos ramos estendidos em todas as direções e cobertos, com o passar dos anos e das estações, ora só de folhas, ora de folhas e flores – quando eu me coloria de um amarelo irmão da luz do sol –, ora de folhas e frutos. E era quando de toda a parte voavam para mim, para nós, não sei quantas espécies de pássaros. E alguns, além de comerem de minhas frutas, faziam nos meus ramos os seus ninhos. E às vezes vinham saltitantes macacos e outras espécies de bichos de quatro patas. Eram tempos de outras festas e em algumas tardes o vento passava por mim e juntos tocávamos sons agudos que me lembravam a rabeca que eu fui.

Cresci durante muitos anos e pensei que não fosse parar nunca de subir da beira do rio à beira do céu. Mas um dia senti que parava. Já era então a árvore mais alta da mata ao longo do grande rio, que eu e minhas companheiras criamos juntas.

A vida de algumas árvores é demorada. E a vida de outras é muito longa. Pensei eu ia ser assim comigo, pois eu já vivera muitos e muitos anos enquanto crescia, e a cada ano de minha vida derramava flores e frutos pelo chão à minha volta. Mas não foi. Sempre me aconteciam coisas em algum janeiro. E num janeiro de fortes chuvas me aconteceu de novo.

Era uma tempestade como tantas que eu já conhecia. O vento que movia tudo e me fazia dançar com todos os ramos e folhas. A chuva sonora e poderosa, e logo o meu rio enchendo de novo, mudando a cor das águas, trepando pelas terras das duas margens, apressando o passo de sua viagem e deixando pelo caminho alguns lagos que só o sol de muitos meses haveria de secar. E o tambor dos trovões e o clarão dos raios.

Até que um deles caiu inteiro em mim. Por um momento fui toda uma árvore de luz. Sofri o abalo de saber que já não era mais quem fui e ardia de fogo em muitos dos meus galhos. Logo a chuva apagou o fogo e durante meia noite ainda choveu forte. Quando o dia acordou tudo era calma de novo na beira de meu rio. Apenas ele corria ainda com a pressa de suas muitas águas escuras. Quando me senti, já era outra. Quase não tinha folhas e vi no chão muitos dos meus galhos e seus ramos. Comecei a secar e de novo aprendi que aos poucos morria e me transformava.

Fui então por outros anos um tronco reto e seco na beira do rio. Já não cantava mais com o vento e nem tinha folhas, flores e frutos para meus passarinhos e macacos. Já não trazia da terra a água e a seiva que renovava em mim a vida que eu gostava de viver e repartir com quem vinha até mim. Mas um dia, num resto de galho que sobrou em meu corpo ressecado, aquele mesmo par de papagaios pousou uma tarde. Papagaios vivem longos anos também. E então, não é que um deles começou a dizer de novo, e bem alto, a mesma coisa de outros tempos? E ele cantarolava: "Você ainda vai ser treze! Você ainda vai ser treze!". E sacudia as asas e a cabeça – pois era um raro papagaio da cabeça vermelha – e repetia: "você ainda vai ser treze! Você ainda vai ser treze!".

Se eu não consegui entender o que era aquilo quando era uma rabeca que se dissolvia na beira de um rio, muito menos agora, quando virei um tronco de árvore que secava mais abaixo, na beira do mesmo rio. E eu secava e secava na beira do rio.

Foi quando veio um outro janeiro. E vieram outras fortes chuvas de verão. De novo eu assisti o meu rio crescer, rugir com valentia e subir pelas terras acima das margens dos seus dois lados. Naquela vez ele veio com mais força do que antes. E começou a escavar as terras onde eu estava, até quando eu me senti tremer e tombar dentro dele. Estranho destino para quem já foi uma rabeca e foi uma árvore de beira de rio.

Naveguei rio abaixo aquela noite inteira e mais o começo de uma outra dessas manhãs de sol e calma que costumam aparecer no mundo depois das tempestades. Meu rio me levava em sua viagem, em águas que depressa cresceram e depressa amansaram. Senti que parava de navegar. As águas me trouxeram aos poucos do meio do rio fundo para a sua beira. E me deixaram nas areias de uma praia, e seguiram a sua viagem.

Não fiquei ali muito tempo. Duas manhãs mais tarde vi um homem de pele escura e dois meninos andando pela praia onde eu estava. Gostei de vê-los ali, pois onde vivi minha vida de árvore verde e de tronco seco era tão retirado do mundo dos homens que passei muitos e muitos anos sem ouvir o som da voz deles.

Então o homem parece que me viu de longe. E veio andando para mim. Vi quando chegou e como me olhava andando à minha volta de um lado para o outro. E depois colocou as duas mãos sobre o meu corpo. E me apalpou com carinho. E ouvi quando ele disse aos dois meninos: "Ah! Mas hoje é minha manhã de sorte! Não é que essa é a melhor madeira pra rabecas? E essa velha árvore vai dar pra fazer umas quinze delas!".

No dia seguinte, o meu homem voltou com mais outros três e uma parelha de bois de carro. Me amarraram com longas cordas e me puseram no carro. Viajei poucas horas e vi que chegava por uma estrada de terra vermelha em casa de gente pobre.

E foi ali, chegando, que alguma coisa em mim começou a reconhecer o lugar, o ar, o modo de ser das coisas, dos bichos e das pessoas. Senti no ar aromas de tempos tão antigos. Em volta havia uns montes longe e eles pareciam olhar para o meu corpo seco de vida e molhado das águas do rio, como se me reconhecessem. Prestei atenção às coisas mais de perto. Algumas coisas haviam mudado, mas muitas eram as mesmas, diferentes.

De repente me veio uma luz. Uma lembrança. Sim! Sim. Era ali. Ali mesmo. Foi a este mesmo lugar que há muitos anos me trouxeram, um pequeno tronco de uma outra árvore seca. Foi aqui que um homem de mãos sábias foi me transformando de tronco seco em rabeca. Foi a esta mesma casa, mais nova, menorzinha, que um dia veio o meu músico e me levou embora com ele. Foi aqui. Aqui é Águas Brilhantes, como gostam de dizer os homens que falam e que gostam de mudar as coisas, umas nas outras.

A casa era a mesma, e a rua tinha agora mais casas perto dela. Algumas árvores que nem existiam haviam nascido e crescido suas alturas. O lugar de oficina onde madeiras da mata viram as coisas dos homens era outro, maior, mais arrumado. Mas era o mesmo! E o homem que me trouxe do rio devia ser o filho do filho do filho do filho do filho do homem que fez de mim a rabeca que eu fui.

E esse homem e os outros dois me pousaram no chão com cuidado e eu ouvi que entre eles falavam com alegria de mim. Fiquei ali alguns dias secando no sol de um fim de janeiro quente e seco de ares e de ventos. Depois me tomaram de novo e cortaram de mim as minhas pontas. E tiraram o que ainda havia de minha casca antiga. E me levaram para dentro da oficina. Me senti sendo serrada, mas não senti dor alguma. Depois, durante dias e dias o mesmo homem trabalhava o dia inteiro nas partes de meu corpo de árvore seca. Fui me transformando aos poucos. Do que ele disse aos filhos quando com surpresa me achou na beira do rio, ele errou por pouco. Como havia algumas partes já estragadas no meu lenho, não deu para eu virar as quinze rabecas que ele havia pensado. Virei treze.

Hoje é um pouco mais difícil saber quem eu sou. Sei que uma e tantas. Me sinto viva, como rabecas podem ser vivas, e presente em cada uma das treze irmãs que foram saindo da oficina de uma rua em Águas Brilhantes, nas mãos de seus músicos. Sei que tudo é provisório e aprendi que tudo o que existe veio do que não era antes e irá se transformar no que não é ainda. Aos poucos as rabecas que eu sou e somos irão se transformar também. Quando? Em quê? Não sei. Não sabemos e apenas somos felizes quando as mãos de nossos músicos nos afinam e tocamos entre tardes e noites de dias de festas.

Papagaios às vezes falam muito e dizem repetidas asneiras. Mas alguns são sábios e até sabem dizer o que algum dia ainda vai acontecer. Mesmo quando acontece treze vezes.

MARIA JOSÉ SILVEIRA

# A CONDIÇÃO DOS SONHOS

JOSÉ GABRIEL LINDOSO

**Maria José Silveira**

É goiana e mora em São Paulo. É formada em Comunicação, Antropologia e mestre em Ciências Políticas. Militou no movimento de esquerda nos anos da ditadura e viveu no exílio. Depois da anistia, participou de trabalhos culturais e da imprensa alternativa. Fez trabalhos de pesquisa junto a comunidades camponesas no Peru, e sua tese de mestrado é um estudo sobre os pequenos produtores. Foi fundadora e diretora da Editora Marco Zero. É também tradutora. Publicou seu primeiro romance, *A mãe da mãe de sua mãe e suas filhas,* em 2002, quando recebeu o prêmio APCA de "Escritora Revelação". Escreve também para jovens e crianças.

O que é um sonho?

Não o sonho das horas de sono, mas o que se tem de olhos abertos.

Uma vontade? Um projeto?

Um desejo que colocamos à nossa frente, como uma pequena bússola; anseio, estímulo. Ou como um consolo: se hoje está ruim, amanhã poderá estar melhor.

O homem não pode viver sem isso. Sem esse desejo de algo bom a impulsioná-lo, a lhe dar um rumo para seguir em frente.

Certo?

Certo.

Mas e se .... e se esse sonho permanece apenas como um sonho? Se, em algum momento, ele se desvirtua e já não leva ninguém pra frente, não dá um rumo, serve apenas para fazê-lo suportar ficar onde está? Se de repente passa a ser tão só um devaneio que faz você ficar nada mais que estacionado, sonhando. Se o desejo deixa de ser projeto e vira apenas consolo.

Vocês nunca viram um sonho assim?

Pois eu já vi, muitos. Desde pequena. Até na minha própria casa: sonhos que matam.

Vou lhes contar a história de um sonho desses.

A história do meu tio Ademar, irmão mais novo do meu pai.

Meu pai era o mais velho de uma família de quatro filhos e, por ser mais velho, herdou o sítio dos meus avós, um pedaço mínimo de terra, impossível de repartir. As duas irmãs do meio se casaram e foram morar com os respectivos maridos. O irmão caçula, tio Ademar, ficou morando com meu pai, que praticamente o criou.

Sempre foram muito diferentes um do outro, esses dois irmãos.

Meu pai, caladão, sério, de cara brava, a cabeça concentrada no dia a dia da roça, sua vida era a terra e nós, a família. Meu tio, falador e engraçado, cheio de ideias, pensamentos no futuro para esquecer o dissabor do presente, e um grande sonho. Desde que me lembro, tio Ademar vivia dizendo que iria pra cidade arrumar um emprego que lhe pagasse um bom salário e, quando ficasse rico, voltaria pra comprar seu pedaço de terra.

Mas ir, não ia.

Ficava ali, fazendo as tarefas que lhe cabiam na roça, meio sem vontade, alheado, e depois passando horas sentado no degrau da porta, fumando, fazendo graça e falando das tantas coisas boas que lhe aconteceriam quando estivesse na cidade.

"Cês vão ver, meninada. Quando tiver férias, vou voltar com dinheiro caindo do bolso. E quem me trouxer uma xícara de café agora, quando eu voltar, vou deixar o dinheiro cair pertinho dele."

A gente brigava pra levar cafezinho pra ele.

Na pequena casa do sítio de telhado sem forro, de qualquer um dos dois quartos se escutava o que era conversado em outro canto. De noite, pegando no sono, eu ouvia a voz grave do meu pai:

"Se a vontade sua é ir pra cidade, então vá, Ademar. O que não dá é pra ficar desse jeito, sem se interessar pelo trabalho, se consumindo na ilusão do que um dia vai ter. Vá logo, então, fazer seu caminho. Se não der certo, volta."

Nessa época, tanta gente saía da roça pra cidade que às vezes eu pensava, se gente fosse água, seria como um rio correndo sempre pra longe, pra lá, esse outro lugar. Famílias inteiras sem terra, e moços como o tio Ademar, forçados a viver na mesma terra dos pais, tendo que seguir as ordens do irmão mais velho, não viam futuro no campo pobre. Para eles, o que havia ali era o não acontecimento, a mesmice de todo dia, a paradeira. O que, em certo sentido, era verdade: não havia movimento, nenhum projeto coletivo, as comunidades não se uniam: era cada um por si e a terra se acabando.

Um dia, por fim, meu tio fez sua trouxa e partiu pra cidade.

Despediu-se, dizendo que voltaria com dinheiro pra comprar um sítio maior e não só aquele pedacinho que mal dava pra família de um, que dirá pra família de dois.

Foi alegre, animado, e nós o acompanhamos até bem longe na estrada. Disse que voltaria cheio de presentes:

"Cês vão ver, meninada."

Pensávamos que tão cedo não voltaria, mas não foi o que aconteceu.

Ele não demorou pra voltar. Abatido. Num final de tarde. Magro e desanimado.

Olhou ressabiado pro meu pai.

Nós, crianças, ingênuas ou talvez não, sem querer ou talvez querendo, sabendo, cruéis, enfiamos as mãos nos bolsos dele pra ver que dinheiro tinha, se algum caía, mas não havia dinheiro e nenhum caiu.

Na mala, pouca coisa e, de presente só trouxe uma boneca, uma só, uma boneca coletiva: pra mim e minhas duas irmãs. Nunca tínhamos tido bonecas de loja, só as que minha mãe nos ensinava a fazer com trapos de pano ou manga verde, vocês sabem como é, ainda hoje vejo muitas crianças brincando com bonecas assim. Minha primeira e única boneca de loja – e também a das minhas irmãs –, pequenina e dura, toda cor de rosa, foi essa que o tio Ademar trouxe da cidade.

Do quarto, naquela noite, escutei os cochichos dele pro meu pai, numa voz entristecida, baixa, muito diferente da voz que eu lembrava, dizendo que não tinha nascido pra vida de escravo que se levava na cidade. Que o trabalho que tinha conseguido era muito ruim e mal pago. E que mesmo assim só tinha conseguido um mixuruca por uns dias. Depois, nada de nada. Que teve de dormir uma noite na rua porque não tinha lugar pra ficar. Que tinha visto gente sem comida, sem ter onde dormir, sem raiz, como se flutuando no chão escuro, duro e sem vida do asfalto. Que não queria passar por tudo que aquele pessoal passava. Que pelo menos ali ele tinha um lugar onde descansar a cabeça à noite.

Que ainda ia conseguir a terra dele, mas teria de ser de outro jeito.

Tinha voltado, mas era por pouco tempo. Logo daria um jeito de arrumar uma coisa dele.

Nessa época, eu já ia pra escola com meus irmãos. Íamos a pé, passando por outros sítios, pequenos como o nosso, e uma fazenda grande, atravessando pinguelas, mata-burros e plantações às vezes secas, às vezes floridas, e pastos. Cada vez mais pasto. Meu irmão mais velho, minha irmã do meio e eu.

Meu irmão não queria estudar: ia forçado.

Mas o pai dizia que filho dele tinha que estudar, nem que fosse amarrado. Que não ia passar o que ele e tio Ademar passavam por não saber ler direito. Que, se eles não puderam aprender porque naquele tempo não tinha escola perto, os filhos dele, fosse menino ou menina, todos iam aprender a ler e fazer as contas, ah!, isso iam, nem que fosse debaixo de surra de vara de marmelo.

Quando estava mais calmo, ele, que não era de muita fala e detestava ter que explicar suas ordens, tentava conversar com meu irmão:

"O estudo é a única coisa que posso deixar pra vocês, filho. A terra é pouca, não dá nem pra repartir com seu tio, que dirá com vocês. E como filho mais velho, cê deve dar o exemplo".

Minha mãe, de pé ao lado do pai, assentia firme com a cabeça.

Meu irmão ia emburrado, chutando a terra pelo caminho, mas ia.

Já minha irmã e eu, só faltávamos ir pulando de tão contentes. Para nós duas, aquele era o melhor momento do dia, quando ficávamos sentadinhas no meio de outras crianças, atentas e importantes nos bancos duros de madeira, e olhávamos para o quadro negro que na verdade era verde e víamos as letras aparecendo e, maravilha: entendíamos!

Tio Ademar, esse tempo todo, continuava falando do dia em que daria um jeito de comprar sua terra, maior e melhor do que aquela. Continuava trabalhando na roça com o pai; mas sua cabeça nunca estava ali, estava longe.

Desde que voltou da cidade começara a beber.

No domingo, e em qualquer dia de folga, ia pra venda da beira da estrada e só voltava tarde da noite. Da minha cama, eu escutava o barulho que ele fazia ao cair estatelado onde dormia, no quarto que durante o dia fazia as vezes de sala.

No dia seguinte, amanhecia emburrado e acabava voltando pro bar à noite.

Começou a namorar Coracy, filha de um vizinho, e ficaram noivos. Mas deixou claro que só ia se casar quando tivesse um pedaço de chão onde criar sua família.

Do quarto, dava pra escutar o pai e a mãe falando:

"Ademar, a gente levanta um puxado pra você e vai-se vivendo com o que der".

"Não, assim não", ele respondia. "Dividir essa mixaria é condenar todo mundo a mais miséria. Só vou casar quando tiver minha terra."

Não pensava em outra coisa.

O problema era que só pensava, não conseguia resolver o que fazer. Estava sozinho, sozinho. Tinha o seu sonho, mas não sabia o que fazer com ele.

Passava dias emburrado. Na roça, mal fazia a parte que lhe cabia. As brigas com meu pai começaram.

Coracy insistia:

"Aceita a oferta de seu irmão, Ademar. Com o tempo a gente vai indo e arruma outra coisa".

"Arruma nada, eu sei bem como é! Mas deixa estar que vou dar um jeito. Cê vai ver."

E ia beber. Agora, também durante a semana.

Coracy um dia se cansou. Disse que não queria esperar mais e que ia pra cidade, trabalhar como doméstica. Se desse, voltava.

Não voltou.

Tio Ademar passou a ir para a venda à beira da estrada quase toda noite.

Meu pai resmungava ao vê-lo:

"Ademar, Ademar! Fica só aí sonhando e bebendo, mas sem fazer nada, empacado que nem jumento. A vida tá passando, Ademar".

Minha mãe, de pé ao lado da porta, torcia o avental nas mãos.

A essa altura, nem nós, a meninada, acreditávamos mais quando ele dizia:

"Cês vão ver".

Adolescente, então, eu queria entender melhor o que estava acontecendo ali dentro de casa. À noite, terminadas as tarefas da casa e da escola – minhas irmãs e eu ajudávamos a mãe na casa e no quintal; meu irmão ia pra roça com o pai e tio Ademar – às vezes eu custava a pegar no sono. E parece que via, mesmo sem querer ver, aquele sonho do meu tio criando lodo dentro dele, lodo ou bichos, como os bichos do miolo da fruta podre. Estremecia quando percebia que sua figura não era mais a de um moço, os cabelos ficando grisalhos como os do pai, os olhos inchados de álcool, olhos que agora pareciam rancorosos quando secos e, quando molhados pela bebida, murchos.

A verdade é que nem ele próprio acreditava mais no que dizia.

Quando deixava a enxada, voltando do trabalho do dia, já não falava tanto quanto antes. Já não se importava conosco, a meninada. Ficava resmungando besteiras, xingamentos.

Definhava.

Muitas vezes, sem ter tido forças para acabar de chegar e deitar na própria cama, amanhecia estirado no quintal no meio das galinhas. Eu levava um susto quando era a primeira a acordar na manhãzinha fria pra cuidar dos animais e o via ali, estirado, baba branca escorrendo bolhinhas transparentes pelo canto da boca. Corria para levantá-lo, com medo de que, de tão imóvel e sujo como estava, as galinhas viessem ciscá-lo.

Não me lembro direito, mas por essa época ele e meu pai já não se falavam. Passaram anos sem se falar por causa da bebida. Morando na mesma casa e trabalhando na mesma roça e tudo, mas sem dirigir a palavra um para o outro.

Coracy, que no começo ainda de vez em quando mandava uma carta, parou de escrever. Não deu mais notícias. Sumiu.

E de repente, uma noite, saindo da venda no escuro do breu da beira da estrada em noite sem lua nem estrelas, tio Ademar foi atropelado e morreu ali mesmo, no chão aplainado, sem ninguém por perto.

Nem mesmo a pessoa que o atropelou.

Na manhã seguinte, no lugar onde caiu, seu sangue escuro, meio preto, deixou na terra seca uma parte encardida, como se fosse sujeira: demorou dias para desaparecer.

Meu pai, coitado, ficou ainda mais calado e mais triste. Creio que se culpava por não ter conseguido mudar o destino do irmão. E, ainda hoje, essa história do meu tio enche minha família de tristeza.

Para mim, e acho que para todos nós, na época essa tristeza trazia também incompreensão e angústia: de certa forma percebíamos que meu tio tinha se perdido por ter se agarrado a um sonho que não vingou. Não quis procurar outra saída; ficou paralisado. Pressentimos isso: o lado terrível de um desejo que não se consegue realizar pode chegar a matar você.

Mas como, quando, por que isso acontece?

Era o que eu queria saber. Pois nesse momento eu também, eu mesma, começara a ter meu sonho: ser professora. Deus me livre se esse sonho, em vez de me fazer ir em frente, virasse minha fonte particular de amargura!

Mas, sem que eu me desse conta, a lembrança triste da figura alquebrada do meu tio, como um exemplo às avessas, passou a me ajudar a dar tudo de mim para superar as dificuldades que, como todo mundo, eram boa parte do que eu encontrava pelo caminho. Quando nos piores momentos pensava em desistir – é claro que isso acontecia muitas vezes – eu via o corpo bêbado do tio estirado morto na estrada. Pela milésima vez, eu estremecia, e seguia em frente.

Pois bem.

Esta foi a parte triste da história.

Agora vem a parte boa.

A parte de quando eu compreendi de fato o que aconteceu com tio Ademar. Quando compreendi também que, se ele vivesse hoje, seu sonho teria outro final.

Pois tudo o que eu pensava sobre isso até então não tinha nenhuma clareza. Toda essa história, em minha cabeça, estava como que envolvida por uma neblina de tristeza e incompreensão. Por que isso aconteceu dessa maneira, eu me perguntava.

Por quê?

E então, há pouco tempo – veja bem, há pouco tempo –, ao seguir um curso de capacitação para professores, comecei a ler um artigo sobre projetos de educação popular.

Qual não foi minha surpresa ao descobrir no artigo uma frase de Lenin:

"É preciso sonhar, sim, mas à condição de transformar nossos sonhos em realidade".

Parei: de repente tudo fez um grande sentido na minha cabeça.

O que eu não sabia formular direito, mas de alguma forma intuía, ficou bem claro: o momento em que o sonho deixa de ser algo bom é quando deixa de ser uma vontade que o leva pra frente, um projeto. É quando você deixa de lutar por ele.

Pensei: não foi exatamente isso o que aconteceu com tio Ademar?

E, num relance, revi sua figura saudosa, ainda jovem, animado, sentado no degrau da porta, rindo feliz e nos dizendo:

"Cês vão ver, meninada!".

Se vivesse hoje, disso estou certa, ele estaria conosco. Se vivesse nos tempos de agora, com as mudanças todas que aconteceram em nossa vida, o Movimento unindo o pessoal na luta pela terra, tio Ademar não estaria sozinho: seu sonho teria tido um rumo diferente.

Seria um a mais entre todos nós, trabalhadores sem-terra, nessa luta para fazer de nossos sonhos uma conquista real. Um sonho que vale a pena.

Um sonho que vale a pena.

Um sonho que acontece.

ALIPIO FREIRE

# A LONGA MARCHA

"O concreto é concreto porque é a síntese de
muitas determinações, isto é, unidade do diverso".
(Karl Marx)

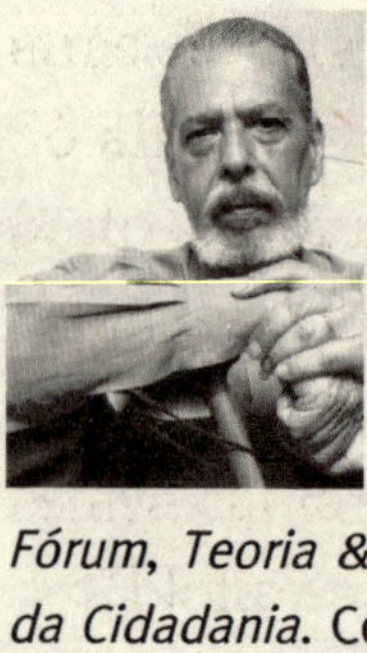

JOSÉ GABRIEL LINDOSO

**Alipio Freire**

Nasceu em Salvador-BA, em 4 de novembro de 1945. Mudou-se para São Paulo em 1961. É jornalista, escritor, artista plástico, roteirista e diretor de cinema e vídeo.

Militou na organização clandestina Ala Vermelha (1967-1983), ficando preso de 31 de agosto de 1969 a 2 de outubro de 1974.

Pertence aos conselhos da Editora Expressão Popular; das revistas *Fórum*, *Teoria & Debate* e *Revista Sem Terra*, e dos jornais *Brasil de Fato* e *Correio da Cidadania*. Colabora com publicações de movimentos populares e de esquerda.

A jovem vai caminhando estrada afora, na fila indiana que se estende pela margem do asfalto. Diferentemente de seus companheiros de jornada, não usa o boné ou o chapéu vermelho com os símbolos do Movimento. A cabeça vai exposta ao sol, sem qualquer proteção.

Já marcham há quatro dias. À noite acamparão às portas de Brasília. Amanhã será o dia da manifestação pelas avenidas da capital, com faixas e palavras de ordem a exigir reforma agrária e outras mudanças que o governo prometera durante a campanha que o elegeu. São quinze mil homens e mulheres, jovens, adultos e velhos. Vêm de todo o Brasil.

A jovem é morena, usa calça jeans justa, que vai até pouco abaixo dos joelhos, e camiseta vermelha do MST. As olheiras profundas e a palidez dos lábios dizem de grande cansaço. Nada, porém, esconde sua juventude. Edvânia é quase uma menina. É uma adolescente. Tem 14 anos.

Durante todos esses dias, ela marchou sem descanso. Quando acampam, está sempre trabalhando, assumindo as tarefas mais pesadas das brigadas. Come pouco e só dorme quando o último dos companheiros se recolhe. É das primeiras a levantar.

Seus pés pisam a estrada, mas o pensamento está longe. Na cabeça ressoa a voz da avó Guilhermina, a velha Mina, mãe do seu pai, comentando na porta da casa com as vizinhas sobre a mineira Rosaduarda, que tem um lote ali no assentamento onde vivem, e que perdeu há pouco uma criança, aos cinco meses de gravidez.

Para a baiana Mina, foi muito esforço que a moça fez:

– Num parava quieta. Ou tava na enxada, ou na cozinha, ou lavando roupa no sol quente! Caminhava o tempo todo, subia e descia morro, e a barriga ali, empinada, sem sossego. Cruge! Mulher prenha precisa assentar o facho, senão acontece isso. Senão aborta – e se benzia, cada vez que pronunciava a palavra.

Essa conversa da avó foi a gota d'água para que Edvânia decidisse finalmente se juntar à Marcha. Ela precisava andar muito, tomar muito sol, se cansar bastante.

Desde que a mãe morreu, há quatro anos, ela e seus irmãos passaram a ser cuidados pela avó e pelo pai, o Nardão. Com Edvânia, eram cinco filhos: quatro mulheres e o menino Edmar, o caçula.

Seo Nardão só aceitou parar de ter filhos depois que nasceu um homem. Edmar ainda mamava quando a mãe, dona Cocó, engravidou de novo. Dessa vez, dona Cocó teve permissão do marido para procurar uma parteira e tirar a criança.

Foi uma desgraça: hemorragia, infecção e morte.

Agora era ela, Edvânia, que estava ali, no meio da estrada, caminhando sob o sol, uma criança na barriga, confusa e cheia de medo. Um medo entalado, por não ter com quem conversar sobre o assunto. Só pode falar com o namorado, mas ele também não tem respostas.

**No assentamento**

Valdeci arrasta o latão de leite vazio de dentro do barracão da cooperativa para o terreiro. Puxa uma mangueira, coloca a ponta dentro do latão, vai até a torneira e abre. Enquanto a água enche a vasilha, senta numa pedra mais afastada e acende um cigarro. Fica ali cismando, cabeça baixa, os cabelos loiros caindo sobre a testa. É por causa desse cabelo e da pele muito branca que tem o apelido de Polaco.

"Que cagada!" – pensa.

Um filho era tudo o que não podia acontecer. Não vai deixar Edvânia na mão, mas acha que não é o culpado por nada daquilo. Meses atrás ele estava tocando violão com os amigos e ela não saía de junto. Só ali, cercando. Ele fingiu que não percebeu. Daí ela foi mais pra perto e roçou com o corpo no braço dele. Ele é homem e não ia fazer papel de bobo. E também ela é bem jeitosa. "Bem bonitinha, chê!" Encosta que encosta, olha que olha, não deu outra: quando viu, já estava cantando para a guria:

"Noite escura, noite escura

Prenda minha
toda noite me atentou..."

No depois, ela disse que não foi nada assim, que foi ele que ficou cantando e olhando para ela com olhar de frete.

Mas, de verdade – ele pensa –, talvez tenham sido as duas coisas.

O certo é que, passados alguns dias, a caminho da cooperativa, viu seu pai cruzar com seo Nardão e dizer meio aperreado:

– Compadre, é melhor prender suas cabritas que meus bodes estão soltos...

E seo Nardão respondeu:

– Está me estranhando, compadre Miguel? Acho bom é você tomar tento com seus bodes machos, pois quem mexer com minhas cabritas eu capo.

Nessa hora, Valdeci sentiu até um frio subindo pelas partes.

Desde que Edvânia começou a desconfiar da gravidez que o Polaco está meio desesperado. Uma vez, ela lhe falou de fugirem para uma cidade grande e distante dali. Mas como ia ser? Primeiro, ele não queria mesmo ter filho. Depois, o que iam fazer na cidade sem dinheiro, sem emprego e com uma criança? Ainda por cima, eram menores de idade...

Ele acha melhor tirar a criança. Ouviu falar que na cidade próxima tem uma aborteira. Mas como fazer? Aborto é coisa proibida e perigosa. Além de tudo, não têm dinheiro.

O fato é que ele não quer ter a vida de seu irmão Anderson, que acabou casando aos 17 anos porque embuchou a namorada e, agora, com 21 anos, já tem três filhos.

"Vida besta!" – pensa.

O Polaco tem 15 anos e quer ter outra vida, embora não saiba muito bem qual.

Talvez ele pudesse ir falar com aquele povo que mora lá na beira do assentamento. Dali saía dinheiro na certa. São uns caras que não trabalham, mas estão sempre na estica. Uma vez até lhe ofereceram algum dinheiro, quando ele demonstrou ter gostado do tênis de um deles. Traficam drogas. O pessoal mais velho acha que eles estão ali a serviço dos fazendeiros da região, para minar e desagregar o assentamento, e desmoralizar o Movimento. Mas, se ele se decidisse, dali saía grana. Chegou a falar com Edvânia sobre isso. Mas ela cortou logo o papo.

O Polaco acha que foi tudo "um puta azar". Conhece um monte de amigos que dizem transar com as namoradas, e nenhuma engravidava. E dizem também que não usam qualquer tipo de contraceptivo. Ou será que são histórias inventadas que os amigos contam para se gabar? O Maurício e o Alemão formam uma dupla da pesada. Vivem falando de suas aventuras, e ainda repetem sempre que não usam camisinha porque não gostam de "chupar bala enrolada"... Mas será mesmo, ou será que ele que foi trouxa e entrou numa fria?

Com os pais, nem pensar em falar sobre o assunto: na certa leva uma surra e o obrigam a casar. Foi assim que fizeram com o Anderson. São muito religiosos, e aborto é uma palavra que não entra na casa.

A única pessoa com quem ele poderia desabafar seria com o tio Carlão. Mas Carlão foi para São Paulo, ajudar na secretaria nacional do Movimento e agora coordena uma editora. De vez em quando lhe manda livros, mas ele não gosta de ler, não. É muita letra e já bastam os livros da escola e dos estudos de fins de semana. Ali no assentamento é assim: trabalho, estudo e luta. Fora isso, não tem muito o que fazer. Fora isso, só dá mesmo para tocar violão e namorar. Namorar é bom, mas tem esses enroscos.

Quanto ao violão... bem, tem ainda de aguentar o nó-cego do Januário, que só quer que ele toque os hinos e outras músicas da luta.

– Acorda, Polaco, que a água tá derramando toda. A gente lá parado, esperando o latão, e tu aí com essa cara de quem comeu e não gostou... Tá ficando leso, rapaz?

Valdeci levou um susto com a voz do Zelão, o coordenador. Afasta com o braço a mecha de cabelo que caía sobre a testa e vai cuidar do trabalho.

**A última parada**

A Marcha chega ao lugar onde iriam passar a última noite antes de entrar em Brasília.

Edvânia senta-se um pouco para descansar ao ar livre. As estrelas começam a aparecer. Naquela região as noites costumam ser frescas, com uma temperatura agradável.

Edvânia está quieta, pensando em seus problemas, quando chega a Tere.

Tere é do Movimento das Mulheres Camponesas, o MMC, e desde o começo da Marcha percebeu que a menina não estava bem. Volta e meia, procura Edvânia para saber o que está sentindo, para ver se precisa de alguma coisa.

Várias vezes Edvânia pensou em contar tudo para a Tere e pedir ajuda. Mas sempre desistia, desconversava, embora achasse que a Tere desconfiava do que estava acontecendo. Será? Desde que acamparam naquele fim de tarde, começou a sentir uma dor na parte inferior da barriga e seu medo aumentava. De novo, não contou nada para a amiga, que ficou ali conversando um instante e em seguida se despediu.

Tere tem por volta de 30 anos, é catarinense, e Edvânia a conheceu há pouco tempo, há uns oito meses, quando ela e outras mulheres do MMC estiveram pela primeira vez no assentamento Bela Kun para fazer uma discussão sobre a condição das mulheres. Chegaram com suas bandeiras lilases, fizeram palestras e começaram a organizar um grupo de militantes. Tere e outras companheiras apareceram novamente no 8 de Março, Dia Internacional da Mulher, quando fizeram uma comemoração. Edvânia convidou o Polaco para a palestra, mas o jovem resistiu, dizendo que aquele era um assunto de mulheres. Ele não foi. Durante a palestra, Tere disse que a grande maioria das mulheres do campo ainda não tem o direito ao acompanhamento ginecológico permanente, aos métodos contraceptivos seguros e aos absorventes higiênicos. Falou também sobre as doenças sexualmente transmissíveis. Eram palavras e expressões novas que a menina ainda não conhecia, mas cujo significado e sentido foi decifrando através das explicações e exemplos. Foi assim que Edvânia ficou sabendo melhor quais são os sinais de gravidez. E é por isso que acredita que está grávida. A barriga ainda não cresceu, mas os seios estão um pouco inchados e a menstruação não vem há dois meses.

De repente, a menina pensa:

– E se eu não estiver grávida? Afinal, as companheiras do MMC explicaram que a menstruação pode atrasar por vários motivos, inclusive por causa de nervoso. – E ela anda muito nervosa.

Mas por que os seios estão inchados?

Ela comentou essas coisas com o Polaco e ele até disse que os seios podiam estar inchados porque antes ninguém tocava neles e agora ele vivia pegando. Ele acredita que pode ser também porque ela ainda está na idade de os seios se desenvolverem.

Desde que conheceu Tere, Edvânia decidiu que se juntaria ao grupo da bandeira lilás. Ia continuar seus estudos e participar do MMC. Agora acha que isso não vai acontecer nunca.

Sente-se muito fraca e a dor aumenta.

E se ela morrer, como aconteceu com sua mãe?

A menina lembra da avó contando a história de Aída, a prima que cinquenta anos atrás "se perdeu" com um cabo de polícia e ficou grávida. Tinha 16 anos. O pai da moça a expulsou de casa. Aída não tinha estudo nem profissão e foi acabar na zona de Salvador, com uma filha de colo. Depois, não souberam mais dela. A avó acha que a prima tinha morrido de alguma "doença ruim".

Edvânia gosta muito da Velha Mina, mas as histórias que a avó conta e o jeito como ela conta sempre metem medo. É esse medo que impede que ela pergunte as coisas para a Velha.

Continuava pensando na avó, quando o Januário passa e pergunta por que a menina estava ali sozinha, daquele jeito. Ela se encolhe com um medo ainda maior, e fala umas palavras rápidas, dispensando a atenção. O homem segue seu caminho, com um risinho no canto da boca. Januário tem mais de 30 anos, uma penca de filhos, é um tanto exibido e tenta de todo jeito ser uma liderança no assentamento Bela Kun. A Velha Mina e as vizinhas não gostam dele. Para elas, Januário sempre diz uma coisa e faz outra: vive dando lição de moral a todo mundo, mas não pode ver um rabo de saia. Canta todas as mulheres. "Numa pessoa dessas não dá pra confiar" – é o que acha a Velha Mina.

Edvânia começa a sentir frio. As mãos estão geladas.

**As dúvidas do Polaco**

Naquele fim de tarde, o Polaco sai da cooperativa, mas não volta direto para casa. O céu ainda está claro e faz muito calor. Fica vagando pelo caminho. Em seguida, vai até à beira do riacho e senta no barranco da margem. Arregaça as calças, tira a botina e põe os pés dentro d'água, enquanto limpa, com a ponta da faca que sempre carrega na cintura, o barro grudado na sola do sapato.

Cresceu no acampamento, embaixo da lona preta, onde tudo era muito difícil. Agora que haviam conquistado a terra, que têm casa e trabalho, que as coisas haviam melhorado e que ele até pensa em fazer um curso de técnico agrícola, se meteu naquela confusão.

Gosta de Edvânia. Foi a primeira mulher com quem transou, embora tivesse deixado que ela acreditasse que ele já havia conhecido outras mulheres. Mas não quer casar, e muito menos ter filho. Além disso, não tem muita certeza de que ela fosse virgem. Sempre ouviu dizer que mulher séria e virgem não goza na primeira vez, quando perde a virgindade – foi o Januário quem explicou isso. E com Edvânia não foi assim: já da primeira vez, a menina teve orgasmo. No entanto, nem pode mais pensar nesse tipo de coisa, pois se tiver de casar não quer que ninguém saiba ou desconfie que sua mulher teve outro homem que não ele.

Certeza da gravidez de Edvânia, ele às vezes tem, e outras não. Não que ela estivesse inventando aquelas coisas. Mas é que em muitos momentos acha que a namorada anda impressionada demais, nervosa demais. Ela mesma lhe havia dito que nervoso e tensão podiam fazer com que a menstruação não viesse, que atrasasse. Nessas horas, torce para que seja somente isso e até acredita que o susto vai passar logo e, quem sabe, amanhã ou depois tudo estará outra vez normal.

Na verdade, ele se sente muito burro e se culpa. Poderia ter ido ao posto de saúde e falado com o médico sobre como evitar gravidez, pedido ajuda. É verdade que pensou nessa possibilidade, mas teve medo de o médico achar que ele era ainda um guri e lhe dar uma bronca. Depois de tudo que aconteceu, Edvânia não quer nem ouvir falar de conversa com médico. Ela é menor de idade e acredita que, se contar para o médico que está grávida, ele certamente vai mandar chamar sua família.

Não estar participando da Marcha, como das outras vezes, é também uma questão que o atormenta. Sente-se culpado por isso. Acha que não foi correto, mas não estava com cabeça para seguir com os companheiros. Às vezes se arrepende. Outras vezes pensa que, quando a cabeça não está boa, em vez de ajudar, a gente só atrapalha. Nesses momentos ele argumenta consigo próprio que tem problemas que, se a gente não resolver, ninguém resolve pela gente. Daí – acredita – é melhor dar um tempo do que ficar enchendo o saco dos outros. Mas que problemas ele estava resolvendo, ficando ali no assentamento? Sente-se encurralado. Nunca se imaginou numa situação dessas. Seus amigos não entendiam o motivo dele ter ficado e, em casa, sua família estranhou sua decisão. Anderson fez de tudo para que ele o acompanhasse, e o pai tentou obrigá-lo a seguir com seus companheiros. A mãe olhava desconfiada e, talvez por não saber exatamente onde colocar sua desconfiança, fazia silêncio. Esse silêncio também constrangia o Polaco – mas era o jeito dela. Desde o início, Edvânia insistira para que ele fosse, embora a menina tivesse durante muito tempo dúvidas se ela, que sempre estivera presente em todas as Marchas, deveria ou não participar neste ano. Mas Edvânia era a única pessoa que sabia os verdadeiros motivos da sua recusa. Então, com ela, a discussão era diferente. Agora, não adiantava mais. Ele acompanhava a Marcha pelas notícias da rádio. O pessoal já estava chegando a Brasília e ele continuava ali, no assentamento, lidando com as coisas do dia a dia e sem resolver nada.

Polaco continua mergulhado em seus pensamentos e, quando se dá conta, já havia escurecido. Levanta, se arruma e segue para casa, desejando que o pai estivesse em alguma reunião da direção do assentamento. Nesses últimos tempos, o jovem tem evitado o pai o quanto pode. Tem medo que seo Miguel descubra nos seus olhos o que está se passando.

**A batalha em Brasília**

O sol está alto no céu muito azul da capital. Os camponeses, que já haviam marchado pelas avenidas de Brasília, dirigem-se, primeiro, ao Congresso Nacional, onde são recebidos por uma comissão de deputados e senadores.

Agrupados numa massa compacta, os manifestantes vão em seguida para o Ministério da Fazenda. Além de reforma agrária, exigem mudanças na política econômica.

Edvânia segue entre seus companheiros, segurando na ponta de uma faixa onde está escrito "REFORMA AGRÁRIA JÁ". A dor no ventre aumentou, transformou-se numa cólica, primeiro leve, mas que parece crescer. Edvânia tem medo do que vai acontecer e já começa a suar frio.

O prédio do Ministério está guardado pela Polícia Militar, que mantém os trabalhadores rurais a distância. A massa tenta avançar, mas está contida. Várias vezes aqueles milhares de homens e mulheres ameaçam dar mais um passo à frente e retrocedem. Gritam palavras de ordem e as bandeiras vermelhas estão abertas, tremulando no alto, balançadas pelo vento.

Edvânia não larga sua faixa, mas sente que não aguentará muito tempo.

De repente, a tensão torna-se confronto seguido de correria, enquanto alguns homens lutam corpo a corpo com a polícia e um pelotão de cavalarianos dispara em carga contra a multidão.

A massa tenta se dispersar e Edvânia começa a correr. A barriga dói, as pernas doem, os braços doem, o corpo todo dói. Mas ela já não sente. É preciso correr. É preciso escapar do cerco. Do seu lado, um companheiro recebe um golpe na cabeça, gira sobre os pés e grita antes de tombar enrolado na bandeira do Movimento, o punho cerrado para o alto: "Viva o povo brasileiro!" O grito ecoa possante e parece tomar conta do céu de Brasília. Mas Edvânia não se dá conta da cena. Ela apenas precisa se safar e continua correndo em meio à fumaça das bombas de efeito moral, à gritaria e ao ruído surdo das patas dos cavalos sobre o asfalto. Um alazão vem a todo galope em sua direção. O policial, de capacete e escudo, levanta o cassetete e parte sobre a menina. Ela ouve a voz de Tere gritando o seu nome e em seguida já não percebe mais nada. É como se a luz do sol lhe tivesse queimado os olhos. Apaga.

Agora Edvânia é apenas um corpo que flutua no ar e em seguida despenca imóvel sobre o chão, meio a uma poça de sangue.

**Oito horas mais tarde**

No quarto, tudo é branco: as paredes revestidas de azulejos, a luz, as divisórias entre os leitos, as camas de ferro pintado e os lençóis. É isso que Edvânia vê, à medida que abre os olhos, sem entender ainda que se trata da enfermaria de um hospital. Só aos poucos percebe o soro ligado ao seu braço e sua testa enfaixada. Vira a cabeça, devagar, para a direita. Numa cadeira, ao lado da cama, está Tere, que lhe sorri.

Ainda sob efeito de remédios, a menina quer saber o que aconteceu, mas não chega a perguntar. Tere entende que é preciso explicar, e conta que, em consequência da pancada desferida pelo policial e o impacto da queda, Edvânia desmaiou. Perdeu muito sangue com um corte na cabeça e, também, com a menstruação desencadeada naquele momento. Por isso o hospital, os sedativos e o soro.

Edvânia chora de mansinho, fecha os olhos e dorme outra vez.

Lá fora, a vida prossegue e a luta continua. A direção está reunida para avaliar a Marcha e decidir os novos passos do Movimento.

**ILUSTRAÇÕES:**
**Rogério Mourtada**

Ilustrador desta publicação, nasceu em 25 de novembro de 1977, em Campinas (SP), onde reside. Artista plástico, trabalha com pintura e principalmente com desenho e gravura. Como gravador, pesquisa as possibilidades do gesso para a construção de matrizes para impressão. Em fase de conclusão do curso de Artes Plásticas da PUC-Campinas, ministra oficinas em sua área para crianças e adolescentes moradores das periferias e em situação de rua e faz monitoria para diversos museus e instituições ligadas às artes plásticas.